Tercer tiempo

Juan José Pérez Pérez

ISBN-10:1720801754
ISBN-13: 978-1720801757

A mis amigos

“Cada cual escribe con lo que es, supongo. Con lo que tiene en los ojos y la memoria. Muchas cosas no necesito inventarlas: me limito a recordar.”

Arturo Pérez-Reverte

1 TERCER TIEMPO

Mi familia se extrañó cuando les dije que trabajaría en la isla de Ennor. Cuando aprobé la carrera de enfermería y me surgió la posibilidad de trabajar en el Reino Unido no me lo pensé dos veces. No me confundí en los códigos ni marqué la casilla equivocada, como muchos pensaron, para aterrizar en aquel islote de poco más de seis kilómetros cuadrados, el más grande de un archipiélago de más de ciento cuarenta trozos de tierra y rocas desperdigados por el extremo suroeste de Gran Bretaña que sirve de límite natural al Canal de la Mancha. De hecho, la cercana isla francesa de Ouessant pertenece al departamento de Finisterre y hace honor a su nombre. Parece que el mundo se acaba en aquellas rocas habitadas por pescadores, granjeros y gaviotas desde la Edad de Piedra.

Las islas Scilly son un destino turístico desde la primavera hasta octubre. Por su localización son una parada migratoria para muchas aves y Ennor se llena de ornitólogos que dan trabajo a la mayor parte de la población. Pero cuando empieza noviembre el invierno se lleva a los pájaros y a sus observadores y las islas quedan reducidas a su mínima expresión. Una de ellas, Keow, sólo tiene censados tres habitantes y los otros tres islotes habitados apenas suman cuatrocientos. El trabajo no abunda y los jóvenes se marchan a tierra firme en cuanto acaban la escuela para no regresar en muchos años.

Situado en la calle principal, The Huw es el centro de reunión. Un local oscuro, forrado de madera y de humo al que la prohibición de fumar no ha llegado o, si lo hecho, jamás se ha aplicado. Desde luego no hay inspectores de sanidad para hacerla cumplir y las fuerzas de seguridad se reducen a un par de policías innecesarios que son relevados cada cinco años para evitar que confraternizen demasiado con la población local. En realidad la delincuencia es inexistente y su labor se limita a pasar desapercibidos igual que los buenos árbitros.

Cuando los ojos se acostumbran al humo y las gafas se desempañan tras el cambio de temperatura de la humedad exterior a la cálida neblina del bar, llaman la atención las paredes llenas de fotos antiguas en blanco y negro de equipos de fútbol. Entre todas las imágenes de los equipos locales destaca una vieja foto del Arsenal que ganó la FA Cup del treinta y seis. Debajo de él, un cartel revela el motivo por el que aterricé voluntariamente en aquel islote.

En Ennor se disputa la liga más pequeña del mundo. Hasta los años cincuenta se celebró un campeonato con los cinco equipos de las islas pobladas: Ennor, Ynis, Brechiek, Aganas y Briher, pero luego no había gente suficiente y se creó la liga actual de sólo dos equipos. Desde 1984 los dos equipos se llaman los Garrison Gunners y los Woolpack Wanderers. Los lugareños presumen con orgullo de figurar en el libro Guinness e incluso los de Adidas rodaron un anuncio aquí con Gerrard y Beckham hace unos años.

Cada domingo por la mañana de noviembre a marzo hay partido en Garrison Field. En Gran Bretaña, donde el césped es gratis, son habituales las canchas habilitadas en grandes descampados verdes que sólo hay que pintar para la ocasión. El nombre se lo pusieron en honor de John Garrison, el legendario futbolista de la isla de Ennor que llegó a jugar en los años treinta en la Football League, lo que hoy equivaldría a la Premier League.

Garrison era un futbolista excepcional. De pequeño acudía con su padre a dar pases largos de un lado a otro de la playa y jugaba a acertar a un cubo de basura situado cada vez más lejos con una precisión milimétrica. Debutó siendo un crío en la liga de las Scilly en los años veinte hasta que un ornitólogo lo vio golpear con el balón a una gaviota en vuelo y lo fichó para el Arsenal de

Londres del que era directivo. Con los Gunners dominó el fútbol inglés en la década de los años treinta hasta que la competición fue suspendida en Inglaterra a causa de la Segunda Guerra Mundial. Sin embargo, más que por su palmarés y su técnica individual John Garrison era recordado por una jugada.

Corría el año 1936, el de la foto de la barra, y el Arsenal se enfrentaba al Sheffield United en la final de la FA Cup, el campeonato de fútbol más antiguo del mundo. Wembley estaba abarrotado por más de noventa mil espectadores. El Arsenal jugaba en su ciudad, contra un equipo de segunda división y era el claro favorito en las apuestas pero el partido no se desnivelaba. Los minutos pasaban y la defensa del United se mantenía firme. Entonces llegó la jugada.

Tras el enésimo saque de esquina botado por el Arsenal el guardameta del Sheffield, logró despejar de puños el balón fuera del área con la mala fortuna de golpearse la mandíbula con el hombro de un compañero y caer al suelo aturdido. El balón cayó a los pies de Garrison en la frontal, lo controló y lo acomodó para armar el disparo con su pierna derecha. Al levantar la cabeza vio al portero tendido detrás de sus defensas y, cuando tenía todo a su favor para marcar a puerta vacía, decidió enviar la pelota fuera de banda para que atendieran al cancerbero ante la incredulidad general.

Wembley entero se puso en pie emocionado aplaudiendo la jugada. Hasta los más radicales seguidores del Arsenal comprendieron la nobleza del gesto cuando se repusieron de su estupor al ver cómo se esfumaba la ocasión más clara de gol del partido. Los que habían apostado por la victoria del Arsenal se llevaban las manos a la cabeza mientras Garrison recibía la felicitación espontánea del árbitro, de los rivales y de sus compañeros.

Tras la guerra, John Garrison regresó convertido en una leyenda a Ennor donde siguió jugando al fútbol hasta su muerte en 1984. Desde aquel año uno de los dos equipos de la isla se llama Garrison Gunners en honor de aquel Arsenal de los años treinta y el campo fue bautizado como Garrison Field para recordar aquella jugada conocida por todos como el gol de Garrison. Un gol que nunca entró y que da nombre a la cancha donde se disputa desde hace un siglo la liga más pequeña del mundo.

En Ennor se ha jugado con lluvia, con viento, con granizo e incluso con sol. Es muy difícil que se suspenda un encuentro. Los Gunners y los Wanderers juegan una liga de diecisiete encuentros, además de la Charity Shield a partido único que abre la temporada midiendo al campeón y al subcampeón, la Lioness Shield, a tres, la Foredeck Cup a doble partido y la

Wholesalers Cup a ida y vuelta donde los goles fuera valen doble como en la Champions.

Aunque los equipos son los mismos, nunca se juega el mismo partido. Alternan el vestuario de local y el visitante no tiene agua caliente. Es una forma como otra cualquiera de hacer valer el factor cancha. Las tres últimas temporadas no se han resuelto hasta la última jornada con lo que la emoción está asegurada hasta el final. Ennor es un pueblo donde todos se conocen y no es fácil ser el blanco de las bromas durante siete días.

El único pero que se le puede poner a la competición es que no existen ascensos y descensos, lo que la deja fuera de la pirámide del fútbol inglés por la que cualquier equipo, por modesto que sea, puede acabar jugando en la Premier League, la máxima categoría del fútbol inglés. Los desplazamientos a tierra firme para jugar contra los equipos de decimocuarta división ingleses serían demasiado costosos y es difícil encontrar equipos de tierra firme dispuestos a jugar en Ennor.

El último viernes de octubre por la noche la liga de fútbol celebra en The Huw la reunión para elegir a los equipos y allí estaba yo esperando que alguien me fichara. Desde que vi aquel anuncio de Adidas había soñado con ese momento y convertirme en futbolista.

Aunque siempre son los mismos, los jugadores cambian cada temporada de bando para hacer la competición más igualada. Los dos mejores jugadores del año anterior son elegidos por votación popular como capitanes de los equipos, algo así como el balón de oro de las islas. Para equilibrar la competición, ellos son los encargados de elegir alternativamente a sus compañeros como en el patio del colegio después de que el presidente de la liga, el dueño del bar, lance una moneda al aire. Es como el draft de la NBA en el que cualquiera puede participar si paga las cuarenta libras de la inscripción. La temporada es larga y se necesitan plantillas amplias para asegurar un once cada jornada. Los nombres de los jugadores se apuntan en una pizarra distribuidos por posiciones aunque la edad es el factor determinante en la elección. Los jóvenes escasean y los menores de treinta años son un valor cotizado y los primeros en ser seleccionados. En el extremo opuesto, Joe Wheelan, con setenta tacos es el jugador más veterano y el último en ser seleccionado. A mí me eligieron un poco antes, entre los teóricos suplentes, aunque no recuerdo demasiado cómo fueron los fichajes. Había decidido tomar un trago por cada jugador que escogiesen antes de mí y cuando llegó mi turno estaba tan borracho que no sabía ni en qué equipo jugaba.

Aparte de las lesiones, los compromisos familiares y el trabajo son los mayores enemigos de estos aficionados que se toman tan en serio su competición. Cuando llega el primer partido de la temporada algunos no tienen todavía claro en qué equipo juegan ni cómo se llama. Unos van con los rojos y otros con los amarillos y hay quien equivoca el camino de los vestuarios buscando quizá el agua caliente. Sin embargo, el sentimiento de equipo va creciendo con el paso de las jornadas hasta lograr una identificación plena con los colores a final de temporada.

El domingo por la mañana los más madrugadores se reparten el trabajo. Unos son los encargados de delimitar el terreno de juego y colocar las redes en las porterías mientras otros se ocupan de tapar los hoyos de los conejos y los más viciosos echan el último cigarrillo antes de atarse las botas. Poco a poco van llegando jugadores mientras Frank Livingston, el colegiado, va contando hasta comprobar aliviado que pueden jugar once contra once.

Livingston fue árbitro durante años en la cuarta división inglesa y su autoridad es aceptada por todos. No es tarjetero pero sabe hacerse valer. Después de tantos partidos todos se conocen y es difícil engañar a nadie. Además los jugadores se emplean con deportividad y lo que pasa en el césped se queda en el césped cuando empieza el tercer tiempo en The Huw.

Aquella mañana sólo encontré una lentilla con los nervios. Me la coloqué en el ojo derecho como pude, me até las botas nuevas y me fui andando hasta el campo. Sólo estaba a un par de calles de mi casa y me recordó los tiempos en que quedaba con los amigos para ir a jugar al fútbol en el patio del colegio.

Los años pasaron y nunca llegué más allá pero la ilusión de jugar al fútbol grande con redes en las porterías no la había perdido. De niño los campos eran de cemento y ahora tenía ante mí una inmensa pradera verde perfecta para jugar.

Me presenté al llegar pero nadie me hizo demasiado caso. Se veía que todos se conocían de varios años y yo era el nuevo aquella temporada. El enfermero español que acababa de llegar y que habían elegido porque siempre venía bien un portero suplente.

—Tú eres el portero nuevo, ¿verdad? —me saludó el panadero. —Hoy debutas.

La noticia no me pilló de sorpresa. Yo mismo había escayolado un par de días antes al portero titular. Se había roto el tendón de Aquiles bajando de su furgoneta, así que me mentalicé para convertirme en el primer español de la liga. De vez en cuando guiñaba el ojo o me lo tapaba con la mano para comprobar la visión. Era de día pero el sol brillaba por su ausencia y la niebla no ayudaba mucho. No veía casi nada por el ojo izquierdo así que tenía que concentrarme en seguir el balón con el derecho.

Un tipo gordo de unos cincuenta años me chutaba desde fuera del área. Me di cuenta de lo grande que era la portería. Acostumbrado al fútbol sala, aquí tenía que correr primero y tirarme después para intentar alcanzar la pelota. Noté con fastidio que me apretaban las botas. Al principio lo achaqué a que eran nuevas y que el pie debía estar ajustado pero cada vez que chutaba me hacía daño en los dedos. Me rozaban con la puntera y a cada momento golpeaba los talones con los postes para intentar llevar el pie lo más atrás posible. En aquel pueblo no había botas de mi número y las más grandes que encontré me quedaban demasiado justas. Mis dedos parecían garras comprimidos dentro del calzado.

El gordo chutó raso junto al palo y decidí probarme. Di un paso a la izquierda y me lancé al suelo abajo hasta despejar la pelota por la línea de fondo. Noté el golpe de mis costillas contra el suelo primero y el de mi cabeza después. Había sido un paradón pero el costalazo también había sido importante.

Me levanté sin aparentes daños con la mayor dignidad que pude para recoger el balón y continuar con el calentamiento.

—Buena parada —me animó el gordo que luego sería mi central en el partido. —¿No llevas guantes?

—Gato con guantes no caza ratones —respondí.

En realidad me había comprado también unos guantes en la tienda pero me daba vergüenza ponérmelos el primer día. Nunca había jugado con guantes. Estaba acostumbrado a parar el balón con las manos y notar el picor de los disparos en mis palmas. Hoy era un día de prueba y según como me fuera ya iría viendo.

Los equipos estaban equilibrados y se pasaban el balón con lentitud. Era un juego mucho más pesado que el que estaba acostumbrado a ver por televisión, pero se notaba que todos habían jugado y mantenían las posiciones y el rigor táctico. Hasta los fueras de juego estaban controlados.

La primera ocasión me llegó a los diez minutos de partido. Un disparo lejano que botó antes de llegar a mi portería y que pude atajar en dos tiempos lanzándome a mi derecha. El balón me rebotó en el pecho y lo atrapé con seguridad. Decidí que al día siguiente llevaría unas medias más altas para protegerme las rodillas cuando vi un hilillo de sangre correrme por la espinilla.

Seguía tapándome alternativamente los ojos para probar mi visión cuando el balón estaba lejos.

Aunque la temperatura en octubre todavía era agradable a las diez de la mañana intentaba estirar algo para no enfriarme. En invierno tenía que hacer allí un frío que pelaba. En vez de medias largas mejor me pondría un pantalón largo para el siguiente partido.

Mi equipo iba ganando por uno a cero y dominaba así que no me llegaba casi trabajo. Un saque de puerta en corto fue toda mi labor hasta que a la media hora tuve que salir corriendo a despejar un balón largo a la espalda de mis centrales. El gordo y su compañero se quedaron clavados pidiendo fuera de juego y tuve que lanzarme a ras del césped para golpear el balón con fuerza con mi pierna derecha.

La cosa no iba mal hasta que poco después los dos delanteros rivales se plantaron en el área. Salí a los pies del que llevaba el balón que se la pasó al otro para que marcara a puerta vacía. Poco pude hacer. Mi central gordo me pegó una colleja para consolarme que casi me tira al suelo.

Con empate a uno tuve un par de buenas intervenciones atrapando un balón raso al primer palo y en un mano a mano que despejé a córner con el pie. Ya en el descuento, con el partido roto convertido en un correcalles y el conserje amenazando con cortar el agua caliente a los locales si no se duchaban enseguida, mi equipo marcó el gol de la victoria.

—¿Te has aburrido mucho portero? —me preguntó uno mientras estiraba.

—No mucho. Ha estado bien —respondí.

El vestuario visitante no ofrecía muchas garantías y no tenía agua caliente. Cojeaba un poco porque las botas me apretaban cada vez más y veía borroso por culpa de las lentillas. No podía levantar mucho el hombro izquierdo con el que me había golpeado en el suelo y los muslos me dolían. Estaba hecho polvo.

En la ducha me descubrí un morado importante en la cadera y un par de ampollas en los dedos gordos de los pies. Me noté un chichón al lavarme la cabeza y me dolían las costillas. Demasiado mayor para andar por ahí tirándome por el suelo. Al salir estaba tiritando.

—¿Dónde te has metido? —me costó entender el acento de Joe Wheelan con el jabón que tenía metido en las orejas —Vamos al The Huw para el tercer tiempo. El último paga las pintas.

Me vestí lo más rápido que pude y aparecí por el bar renqueando. No era el único lesionado. El olor a réflex se mezclaba con el humo y el alcohol. Una canción gaélica interpretada *a capella* me puso los pelos de punta. Alguien me pasó una pinta y brindamos por el fútbol y la vida. A la tercera jarra se me pasaron los dolores y las ganas de dejarlo.

Pasé toda la semana durmiendo mal ya que los dolores y las agujetas volvieron cuando se fue la resaca, pero al domingo siguiente estaba otra vez bajo los palos en Garrison Field.

2 DESAPARECIDO

El profesor Martínez no acudió a clase aquel día por primera vez en lo que iba de siglo. El profesor de guardia se hizo cargo de sus alumnos consciente de lo excepcional del caso y hasta los alumnos que se alegraron en un primer momento de su ausencia se preocuparon por si le había pasado algo.

El jefe de estudios se resistía a ponerle falta en el parte de asistencia. Pensaba que se habría retrasado por cualquier motivo aunque le extrañaba que no hubiera avisado, así que después de preguntar a los que solían desayunar con él en el recreo se decidió a llamarlo al móvil pero no obtuvo respuesta. El teléfono estaba apagado o fuera de cobertura y no tenía otro número de contacto así que no había forma de saber de él.

El segundo día de ausencia tampoco hubo noticias de Martínez. El director recordó a sus compañeros que si la baja se alargaba deberían asumir su horario ya que la Consejería de Educación no enviaba sustitutos de Formación

Profesional en el tercer trimestre. Los profesores de su departamento empezaban a estar preocupados por su ausencia y por la perspectiva de asumir su horario con los alumnos de Formación Básica de carnicería, los más temidos del instituto.

Uno de ellos se acercó por la tarde a su casa. En alguna ocasión habían compartido coche y sabía dónde vivía, pero no encontró a nadie en la vivienda. Estaba cerrada y nadie respondía al timbre. La vecina decía no recordar cuándo lo había visto por última vez aunque era un señor muy callado que hacía poco ruido, no como la loca de enfrente que regaba las macetas para mojar a los críos que jugaban al balón en la plaza.

En ausencia de familiares conocidos, el jefe de departamento denunció su desaparición como pariente más próximo en la policía local. Le parecía algo excesivo, pero la presión de los demás profesores que no querían asumir su horario le obligó a ello. A través de la vecina, la policía logró contactar con el casero que ofreció la llave que tenía de la vivienda para que la policía pudiera investigar la desaparición. La casa estaba vacía con el habitual desorden. Una taza con restos de café en el fregador, comida en el frigorífico, la cama sin hacer y la ropa en los armarios. Parecía que el inquilino hubiera salido a trabajar como cualquier día si no fuera porque el coche estaba aparcado en el garaje.

Estaba claro que el profesor Martínez no estaba en casa. La policía estableció que debió regresar del trabajo el viernes en su vehículo y salir en algún momento entre aquel día y el lunes en que no fue al instituto. No había basura bajo el fregador así que lo más probable es que la tirara el jueves por la noche y que el viernes ya no comiera en casa.

El pueblo donde daba clases se movilizó en seguida. Los profesores y los alumnos empezaron a difundir fotos del desaparecido profesor Martínez para intentar localizarle y se imprimieron carteles para pegarlos en las tiendas y en las farolas. La foto era un poco vieja y Martínez estaba prácticamente irreconocible, con más pelo y más joven, pero era lo único que tenían.

No había usado la tarjeta de crédito desde el viernes por la mañana en la gasolinera del centro comercial camino del trabajo. Tampoco había llamado a nadie con el móvil ni enviado mensajes desde el jueves. El teléfono no había aparecido y tenía desactivada la localización. Seguramente todavía lo llevaba encima y se había quedado sin batería ya que el cargador estaba en la mesilla. Tampoco había ingresado en ningún hospital de los alrededores.

La policía no descartaba ninguna hipótesis aunque el secuestro parecía descabellado. No se le conocían enemigos y su sueldo no daba para mucho si alguien pretendía exigir algún rescate. Tampoco parecía probable que saliera a pasear y se desorientara. Había un monte cerca y le gustaba el senderismo pero nadie había encontrado indicios suyos por la zona. La policía y los voluntarios llevaban días peinando la zona sin resultados. ¿Lo habrían atropellado accidentalmente y hecho desaparecer su cuerpo? ¿Se habría suicidado?

Los buzos de la Guardia Civil rastrearon el mar próximo durante días; primero la playa cercana y luego las zonas donde la corriente arrastraría un cuerpo ahogado pero tampoco obtuvieron resultados. Los días pasaban y varios equipos de televisión enviaron reporteros para informar en los programas de la tarde. La gente hablaba de Martínez pero nadie sabía nada de su paradero.

Estaba claro que no había tomado ningún avión ni alquilado un vehículo, ni pagado con la tarjeta... El profesor Martínez se había esfumado.

El Ayuntamiento convocó una manifestación para pedir el regreso de Martínez, se hicieron camisetas con su cara, el pueblo se llenó de carteles y se repartieron lazos marrones entre los vecinos. El color era bastante feo, pero no quedaban muchos donde elegir. Cada causa tenía su lazo de color, así que a Martínez le quedó el marrón.

Martínez ya no estaba por el pueblo. No lo habían secuestrado y tampoco se había suicidado. Tampoco estaba en un pozo en el monte ni encerrado en una nave del polígono industrial cercano. ¿Dónde se habría metido Martínez?

Llevaba meses preparando su huida. Desaparecer sin dejar rastro no era una tarea fácil. Sin darnos cuenta vamos dejando un rastro electrónico a nuestro paso que es muy difícil de borrar. Teléfonos, tarjetas, cámaras de seguridad... Una huida debía planificarse con mucho tiempo de antelación para no levantar sospechas y tener alguna posibilidad de éxito. Por supuesto quedaba descartado tomar aviones ya que requerían el DNI o el pasaporte para sacar un billete y la falsificación de documentos era un delito. Huir en su coche también estaba descartado así que decidió dejarlo en el garaje.

Llevaba meses retirando dinero en efectivo en pequeñas cantidades y tenía un buen colchón para aguantar un tiempo. Regresó a su casa como cada viernes después de trabajar. Aparcó el coche en el garaje, se comió un bocadillo de chorizo y queso y salió por la puerta con una pequeña mochila con dinero y algo de ropa nueva decidido a no volver. Estaba cansado de su trabajo y tenía ganas de huir. Cada vez que se acercaba su cumpleaños tenía la misma angustiosa sensación de fracaso y de estar desperdiciando su vida sin hacer lo que le gustaba. Como Forrest Gump, que paró de correr un buen día porque sí, decidió parar y dejar aquel trabajo cómodo y seguro que no le satisfacía. Llevaba años pensando en ello. Podía haberse despedido, pedir una excedencia o esperar hasta el verano y aprovechar las vacaciones pero no aguantaba ni un día más y no quería dar explicaciones a nadie. En el fondo temía echarse atrás en el último momento, así que optó por una despedida a la japonesa.

En Japón el gobierno permite que la gente desaparezca. Los *johatsu*, desaparecidos o esfumados en japonés, son personas que, hundidas por un fracaso personal deciden poner fin a esa sensación de angustia y vergüenza cerrando una etapa vital para abrir otra en el anonimato. Un examen fallido, un despido, un fracaso matrimonial, una conflictiva situación familiar... Los problemas adquirían dimensiones hiperbólicas en Japón y eran la excusa perfecta para desaparecer sin dejar rastro. En Japón las leyes de privacidad blindan a los *johatsu* y les permiten cambiar de nombre y dirección sin revelar su identidad a terceros. El cambio de datos protege también todos los movimientos bancarios para preservar el derecho del desaparecido a desvanecerse.

En España era casi imposible pero había que intentarlo. La desaparición perfecta no existe. Siempre hay detalles y pistas que se olvidan o escapan del control del evadido que acaban por desenmascararle. Tenía claro que no podía dejar un rastro de papel, dejar pistas con su tarjeta de crédito, ser grabado por cámaras de video ni someterse a un control de pasaporte.

Se dirigió a la estación de autobuses y tomó el primero que salía. Quería ver mundo, viajar sin rumbo y sin dejar rastro. Eso descartaba los aviones, los coches de alquiler y las tarjetas de crédito así que viajaría en tren o en autobús y pagaría en efectivo. Ya se buscaría la vida cuando estuviera lejos de allí. A las malas, siempre podría dar clases de español en el extranjero si necesitaba dinero.

Cuando descubrieron su desaparición ya estaba lejos del pueblo. La barba de varios días, la ropa diferente a la que solía usar, la gorra que siempre llevaba puesta para ocultar su rostro y la foto vieja que tenían en la secretaría del instituto desde que aprobó la oposición no ayudaban a su identificación. Sin móvil y sin usar la tarjeta confiaba en poder salir el país sin problemas.

Su autobús estaba a punto de cruzar la frontera con Francia. No era la playa paradisiaca del Caribe con la que soñó tantas veces a la que sólo se podía viajar en avión, pero algo era. La libre circulación dentro de la Unión Europea le garantizaba un tránsito seguro al país vecino y moverse por todo el territorio comunitario sin llamar demasiado la atención. Una parada como la de un peaje de autopista y estaría en otra parte para empezar de cero.

El autobús se detuvo y empezó a ponerse nervioso. Un policía subió a bordo para realizar un control rutinario de frontera. Al parecer un yihadista andaba suelto y sospechaban que pudiera viajar en autobús hasta Perpignan. Empezó a sudar y notó que le temblaban las piernas. El agente se paró a su altura. Buscaban un árabe pero el policía se le quedó mirando a él y le pidió la documentación.

Hasta el último momento estuvo dudando si llevar el DNI encima o no, pero finalmente no lo había cogido. Pensó que allí se acababa su huida.

—¿Usted es el profesor Martínez? —preguntó el agente con gesto de sorpresa.

—Bueno, hay muchos profesores que se llaman Martínez…

Sintió que el asiento lo engullía. Sabía que su desaparición había protagonizado todos los programas de las tardes en las televisiones y que tenía que salir de España lo antes posible pero se le había hecho tarde. No lo buscaban a él tan lejos de casa pero lo habían pillado. Huir sin dejar rastro era imposible.

—Acompáñeme, por favor.

—¿De qué se me acusa? —acertó a preguntar mientras bajaba las escaleras del autobús.

—Toda España lleva días buscándole. Está todo el mundo preocupado por su desaparición. Su familia, sus amigos, sus alumnos... ¿No le da vergüenza? Por no hablar de todo el dinero que cuesta el dispositivo que hay en marcha.

—Pero es que yo no quiero volver y no le he pedido a nadie que me busque. ¿No tengo derecho a marcharme sin dar explicaciones a nadie? Estoy harto de mi trabajo, de mis alumnos, de explicar siempre lo mismo y de hacer siempre lo correcto. De tanto papeleo y de burocracia, de PTI, de PEMAR, de PAI, de tantas siglas para cambiar de nombre a las cosas. Ahora no puedo volver. Me moriría de vergüenza.

El policía escuchaba en silencio su alegato.

—¿No puedo cambiar de vida y empezar de cero en otro lugar? —continuó. ¿Necesito un permiso para dejar de trabajar? Quiero cambiar de vida. No le hago daño a nadie. No tengo hijos, ni familia, ni deudas... ¿No puedo ser libre?

El agente se le quedó mirando con lástima y se quitó un momento la gorra para rascarse la cabeza pensativo. Martínez parecía desesperado pero en plena posesión de sus facultades mentales. La verdad es que a él también le gustaría cambiar de aires y desaparecer para empezar de nuevo. No había ninguna orden de detención contra el profesor y tampoco había cometido ningún delito, así que se giró para consultar con su compañero qué hacer en estos casos. Volvió al poco con gesto serio:

—Buena suerte —dijo llevándose la mano a la visera de la gorra.

El autobús se puso en marcha y cruzó a Francia seguido por la mirada cómplice de los dos agentes. No llevaba documentación, de manera que no lo habían identificado y desde luego no era el yihadista que buscaban. Con un poco de suerte podría llegar a Japón algún día y empezar de cero.

3 EL DOBLE

Mi vida cambió una mañana a la hora del recreo. Crucé la calle como cada día para tomarme un cortado con media de tomate y reponer fuerzas para las tres horas de clase que me quedaban. Sin mi dosis diaria de cafeína no me veía con fuerzas para sobrevivir a Primero C.

Mientras esperaba con un pie en el estribo de la barra, un tipo al que no conocía de nada se me acercó:

—Perdone. ¿Es usted Pepe Vélez? —preguntó educado.

Me quedé mirándole divertido. Llevaba gafas y se había dejado crecer por detrás el pelo que le faltaba por la frente. Un tipo extraño, un profesor nuevo quizá... Un fulano despistado que me confundía con otro.

—No, no. Qué va... Pepe se jubiló hace un par de años.

—Perdone. Es que se parece usted bastante.

El camarero hizo aparecer mi desayuno un par de metros a la derecha. Los suficientes para distanciarme de aquel tipo y unirme a mis habituales compañeros de mesa. Me guiñó un ojo cómplice.

—¿Sabéis con quién acaban de confundirme? —pregunté nada más sentarme.

Después de una pausa yo mismo respondí a la pregunta.

—¡Con Pepe Vélez!

La carcajada fue general. Vélez fue profesor de informática durante décadas en aquel instituto. Todo un personaje. Alto, delgado, con gafas... Hasta ahí podía existir un parecido razonable, pero él llevaba bigote, fumaba como un carretero y era bastante mayor que yo.

El cachondeo fue a más. Que si me había afeitado, que si parecía más joven, que si podía arreglar un ordenador...

—No te calientes la cabeza y tira a dar tu clase de informática —zanjó el jefe de estudios, que era la mayor autoridad de la mesa.

—¿Tú sabes quién es el que me ha confundido? —le pregunté.

—¿Ese? Es un alumno de electricidad. ¡Ignorantón! —respondió bruscamente—. Es un poco despistado pero buena gente. Un día vino a traer a su hermano a clase y le esperó las seis horas aparcado en la puerta. Al día siguiente repitió la jugada y al tercer día tuve que decirle que podía irse tranquilo y volver a recogerlo a las dos y media. Al final decidió matricularse en electricidad pero dice su profesor que en cuanto aprenda a construir un invernadero de marihuana se lo deja. Y ahora vamos a trabajar, gandules —dijo levantando la sesión.—. ¿Es que nadie tiene clase a cuarta?

—Hasta luego Pepe —se despidió el de matemáticas con una colleja y un guiño.

A partir de ese día las cosas fueron a mayores. La voz se corrió por todo el centro y además del cachondeo de los desayunos la gente empezó a confundirme con Pepe de verdad. De hecho, al poco, todo el mundo me llamaba Pepe.

Al principio me divertía y les seguía las bromas, pero la cosa se complicó cuando el responsable de medios informáticos del centro cogió la baja y el director me encargó a mí que me hiciera cargo de su trabajo. Estaba desbordado. No tenía horas ni conocimientos para atender tantas incidencias. Además, Pepe era jefe de departamento y tuve que asistir a las reuniones de la comisión de coordinación pedagógica cada semana. Llevaba dos horarios a la vez. El de Pepe y el mío. Daba sus clases, hacía sus guardias, asistía a sus reuniones y hasta firmaba sus boletines. Sufrí un auténtico calvario hasta el tercer trimestre, cuando los alumnos de Pepe se fueron de prácticas y el jefe de estudios me llamó a su despacho.

—Aquí está tu nuevo horario, Pepe. Tus clases, tus repasos, tus complementarias.... Tienes el mejor horario del centro.

—Pero es que yo no soy Pepe ni tengo idea de informática...

—Porque eres un ignorantón —me interrumpió socarrón.

—Pero yo quiero mi horario de antes.

—No sé a qué te refieres. Este es mucho mejor.

Busqué mi antiguo nombre en el ordenador de jefatura, en secretaría y en la sala de profesores pero había desaparecido. Un interino daba mis clases y los alumnos estaban encantados con el cambio. Ni se acordaban de mí.

A partir de ahí la cosa mejoró. Efectivamente, Pepe tenía el mejor horario del instituto con diferencia. Reducción por jefatura de departamento, por consejero escolar, por tener más de cincuenta y cinco años, por ser el responsable de medios informáticos, por atención a padres, por tutoría de la formación en centros de trabajo, por repasos, por bibliotecas... En el tercer trimestre no daba ni una hora de clase.

En poco tiempo me había convertido en Pepe Vélez y vivía de maravilla. Me levantaba, cogía mi maletín, me montaba en el coche y entraba directamente al bar a desayunar. Sin embargo, no estaba contento del todo. Seguía cobrando mi sueldo de antes aunque estaba seguro de que Pepe ganaba más que yo, así que una mañana que no tenía nada que hacer me acerqué a la Consejería de Educación, Cultura y Universidades para reclamar mis derechos.

Un funcionario muy educado me atendió amablemente:

—Efectivamente, señor Vélez. Lleva usted meses cobrando un salario que no le corresponde. No sé cómo ha podido pasar. En la próxima nómina recibirá los atrasos correspondientes. ¿El número de cuenta está correcto?

Escribí mi número de cuenta en un formulario y me disponía a salir de allí para celebrarlo con una cerveza y un trozo de pulpo cuando el eficiente funcionario me llamó de nuevo:

—Disculpe, señor Vélez. ¿Ha pensado usted en jubilarse?

No daba crédito a mis oídos. Todavía me faltaban más de quince años para acceder a la jubilación.

Veo que tiene usted sesenta y dos años y más de treinta cotizados a MUFACE. Si lo solicita podría jubilarse ya mismo cobrando la pensión máxima.

—Me da un poco de pena dejar a mis alumnos a mitad de trimestre. ¿Podría esperar hasta final de curso? —respondí conteniendo la risa. En realidad no tenía ni alumnos, pero pensé que si aguantaba hasta septiembre podría cobrar el verano entero.

—Hombre, si no cambian la ley... —contestó el funcionario—. No sé cuánto tiempo durarán las jubilaciones a los sesenta. Ya sabe cómo está el tema de las pensiones. Yo no me lo pensaría.

—¿Donde tengo que firmar?

A final de curso no tuve más remedio que acudir a mi cena de jubilación. Gente a la que no conocía de nada contó anécdotas mías que no era capaz de recordar. Se dijeron cosas muy bonitas de mí que consiguieron emocionarme y hasta me regalaron un precioso reloj por suscripción popular, pero empezaba a agobiarme un poco con tanto pasteleo.

Deseé tener el anillo de Bilbo para desaparecer. Incómodo, me escabullí de allí como pude cuando advertí que todos se ponían en pie para cantar una especie de salmo de despedida abrazados. Gané la calle aliviado al tiempo que un coche paraba frente a mí. La ventanilla bajó y escuché la voz salvadora de la tutora de Primero C:

—Pepe, ¿te llevo a tu casa como siempre?

4 EL PERITO

Quema el sol en medio de la nada. El termómetro marca casi cuarenta grados y no aparece nadie. Arturo mira otra vez el GPS de su teléfono para comprobar que las coordenadas son correctas pero no hay cobertura. El paisaje es desértico, propio de una película del Oeste. Los pies se le cuecen dentro de las botas y una gota de sudor le resbala por las cejas hasta la montura de las gafas de sol. El aire caliente proyecta un espejismo en el horizonte.

Por fin, a lo lejos divisa una nube de polvo que parece acercarse a su posición. Es un Land Rover viejo que corre rápido por encima de las piedras del camino. Cuando llega a su altura, un tipo con la cara del color del barro seco se baja del coche y le alarga una mano gorda y callosa.

—¿Eres el del seguro?

Arturo piensa que si no fuera el del seguro iba a estar allí tomando el sol con la que estaba cayendo y le estrecha la mano profesional.

—La finca está a un par de kilómetros de aquí.

Sube en mi coche y te llevo.

—Prefiero ir con el mío, gracias. Vaya usted delante.

—Como quieras, pero el camino es malo y no sé si tu coche aguantará... —dice en un intento de convencerle—. El último perito que vino reventó la rueda y un amortiguador y tuvo que esperar al día siguiente a que llegase la grúa. A donde vamos no hay cobertura.

Arturo se monta en el coche y se quema las yemas de los dedos al tocar el volante ardiendo. Lleva el aire acondicionado roto y no sabe si es mejor bajar las ventanillas o dejarlas subidas. La temperatura dentro es todavía más alta que fuera y cuando baja los cristales una nube de polvo rojo entra ardiendo en el habitáculo.

El tipo conduce rápido como si estuviera disputando un rally. El coche de Arturo salta y vibra pero el otro no afloja. La luz roja de la reserva acaba de encenderse. Sólo le faltaba tener un accidente ahora o quedarse sin gasolina. Cuando llegaran las asistencias se lo habrían comido los cuervos.

Al cabo de un rato llegan a su destino y se bajan de los coches cubiertos de tierra.

—Aquí está —señala orgulloso un secarral con un puñado de melocotoneros—. El último perito que vino no encontró daños de piedra así que no he tenido más remedio que pedir una contradictoria. Seguro que tú eres más razonable.

No lo ha dicho como amenaza, pero en su cara de barro surcada de profundas arrugas brilla un diente de oro en una mueca siniestra. Arturo no puede evitar sudar un poco más. Aquel tipo no le tranquiliza y no hay nadie en kilómetros que pueda ayudarle.

Antes de acudir a la cita ha tenido tiempo de leer el informe de su compañero:

"La finca aparenta no haber sufrido pedrisco y los daños observados en los frutales parecen causados por la mano humana. Además el volumen de kilos supuestamente afectados no alcanza el mínimo exigido para la compensación del seguro. Por otro lado, el informe del Instituto Nacional de Meteorología no habla de pedrisco en esas coordenadas sino unos kilómetros más al norte."

Blanco y en botella. El típico listo que quiere engañar al seguro haciendo agujeros con unos pinchos en los melocotones y tirándolos al suelo. Esto último no lo pone el informe pero lo añade de su cosecha. El problema ahora será salir airoso de aquel marrón.

—¿Qué te parece?

Arturo no responde al fulano que le agobia a cada momento echándole encima el aliento a coñac. Se pone los guantes y coge unas muestras del suelo para hacer el paripé. Observa las ramas, mira a lo lejos y calcula mentalmente número de árboles y kilos de fruta.

El otro vuelve a la carga impertinente:

—El último perito era un sabelotodo que se creía más listo que yo. Lástima que me traje el otro coche y no llevaba la escopeta encima.

Instintivamente, Arturo echa un vistazo al Land Rover y a la puerta del maletero abierta en la que brillan descaradamente una escopeta de caza y una pala. La última gota de líquido que le queda en el cuerpo le resbala extrañamente helada por la sien derecha. Demasiadas películas de mafiosos resolviendo sus problemas con una pala en medio del desierto tienen la culpa. Tenía que haber sido funcionario como su hermano y se ahorraría estos marrones. Antes de contestar intenta tragar saliva pero no le queda.

—Bueno, tengo que ir a la oficina, redactar un informe y ya le diré algo —balbucea para ganar algo de tiempo.

—Pero el seguro tiene que pagar. Necesito las perras y no estoy para tonterías.

—Tengo que calcular el volumen de frutales, los

kilos dañados, valorar las pérdidas... Un informe pericial no se hace en cinco minutos.

—Ya, ya. Pero estoy seguro que algo podrás hacer, ¿no? Ven, vamos a mi coche que tengo cerveza fresca. Veo que sudas demasiado.

Le pasa la mano por el hombro empujándolo un poco en dirección al todo terreno y a la escopeta. A estas alturas de la película, la única duda de Arturo es si tendrá que cavar él mismo su propio agujero o lo hará el otro después de cargárselo.

—Voy a coger los papeles a mi coche para firmarlos —dice para ganar algo de tiempo.

—No se te ocurrirá salir corriendo, ¿verdad? No llegarías muy lejos con ese coche —dice acercándose a la trasera del Land Rover.

—No, no...Tranquilo —responde montándose en su automóvil mientras finge buscar algo en la guantera y coloca con disimulo la llave en el contacto.

Arranca, pisa el acelerador con fuerza y sale derrapando con la puerta aún abierta. Un melocotonero se encarga de cerrársela de golpe y sigue dando botes por el camino de cabras sin saber muy bien a dónde va. Por el retrovisor ve cómo el tipo coge la escopeta y apunta en dirección a su vehículo. Escucha un disparo y el ruido de los cristales de su luna trasera al romperse. Agacha instintivamente la cabeza y acelera desesperado. Una nube de perdigones le persigue cada vez más lejos hasta que el paisano desaparece en el retrovisor. Con el móvil sin cobertura, sólo espera tener gasolina suficiente para escapar de allí, aprobar unas oposiciones y dejarse aquel trabajo de una vez.

5 EL CURRICULUM

Hace unos días vino a verme el Malolo.

El Malolo es un tipo grande y fuerte, con la mandíbula cuadrada, que en sus tiempos practicó boxeo dentro y fuera del ring. Una especie de gigante pendenciero temible, que siempre se las apañaba para tirarte un vaso encima o lo que fuera para armar pelea. Amigo de sus amigos, a mí siempre me respetó porque hicimos la comunión juntos.

No lo había vuelto a ver desde que acudió a mi instituto para que le hiciera el currículum. Me explicó que estaba en libertad provisional y necesitaba justificar que estaba buscando empleo para poder cobrar el subisidio, así que tenía que repartir unos cuantos currículums por ahí para no perder la paga. Ni tenía ordenador ni sabía utilizarlo así que acudió a mí, que era el único con estudios que conocía.

—¿Qué te pongo que sabes hacer? ¿Pintor? —le dije después de preguntarle su DNI y su dirección. Como no tenía una fija me dio la de sus padres en el pueblo donde vivimos de críos.

El Malolo se encogió de hombros. Lo que sabía hacer no podía escribirse en un currículum para buscar empleo. Hizo un curso de pintura en la cárcel de Sangonera y apenas sabía leer y escribir, pero algo había que poner.

—¿Te pongo todas las cárceles que has estado? —pregunté riéndome de él.

—No, hombre no. Mejor no...—contestó avergonzado.

—Porque tú has estado en Sangonera, estrenaste la de Campos del Río... Tú te has movido bastante.

El Malolo se rió recordando viejos tiempos y compañeros de patio y se rascó la cabeza nervioso. Se le notaba incómodo pero no tenía a quién acudir. A mí me llamaba el Maestro porque era el único que estudió del pueblo.

—¿Tienes foto?

—¿Foto? No tío. ¿Hace falta?

—Claro hombre. Ponte ahí en la pared.

Con el móvil le saqué un par de fotos. Una de frente y otra de perfil por hacer la broma.

—¿Te habrán hecho pocas de estas, eh?

—Unas pocas, ja, ja.

—¿Tienes vehículo?...¿Propio? —Hice la pausa con toda idea. La broma no se la hubiera aceptado a cualquiera, pero a mí me permitía ciertas licencias. Siempre había conducido coches y motos de otros y por eso entre otras cosas había pasado temporadas en la sombra.

—Pon que tengo carnet de conducir y vehículo. Si hace falta cogeré uno prestado.

Le imprimí diez copias, le deseé suerte y se marchó agradecido con ellas en una funda de plástico. No lo había vuelto a ver hasta que apareció por la puerta de mi departamento el otro día. La conserje que intentaba impedirle el paso lejos de tranquilizarse al ver que lo conocía pareció alterarse un poco más pero nos dejó solos.

—¡Malolo!. ¡Cuánto tiempo! Ven, que te invito a un café.

Hay ciertos asuntos que no me gusta tratar en el trabajo, así que cruzamos la calle y pedimos un par de belmontes en el bar de enfrente. El camarero me miró alarmado pero lo tranquilicé con un gesto. No sé si le sorprendió más que pidiera coñac con el café o mi acompañante. En cualquier caso, el Malolo era el típico sujeto que te hace cambiar de acera si te lo encuentras por la calle.

—Maestro, necesito que me dejes dinero —fue al grano después de ponerme al día de su vida.

—¿Para qué los quieres?

—Es que llevo en busca y captura varias semanas, voy a entregarme mañana por la tarde y necesito pasta para comprar chocolate.

—¿Cómo?

—Ya lo he hecho otras veces. Me voy a los gitanos, pillo lo que puedo y me lo meto por el culo antes de entregarme. Así puedo fumar dentro. Si no me das la pasta tendré que atracar a algún primo de camino.

—No hombre, no. Yo te doy el dinero. Toma.

—Gracias, Maestro —dijo arrugando el dinero que le di y echándoselo al bolsillo trasero de los vaqueros. —No lo olvidaré.

Acabó el belmonte como si fuera un chupito y salió del bar dándome de nuevo las gracias. Un par de viejas se aferraron a sus bolsos y se apartaron de su camino al salir al exterior. El Malolo me miró divertido antes de irse a hacer la compra. Al día siguiente se entregó a la Guardia Civil con el culo lleno de chocolate.

6 KENTUCKY

—Vamos al Kentucky —dijo alguien cuando estuvieron todos juntos—. Queda cerca y está bien de precio.

El Kentucky era un bar de viejos del centro. Desayunos por la mañana y aperitivos a mediodía. Caballitos, pulpo, marineras, croquetas, montaditos y cerveza. Sota, caballo y rey. Un camarero calvo con la nariz roja y la camisa blanca servía cervezas que derramaban espuma al apoyarlas con fuerza en la barra metálica. Los platos salían uno detrás de otro directamente de la freidora.

—Cada vez tolero menos las frituras. Mi estómago ya no tiene veinte años —sentenció otro mojando un caballito en la cerveza para enfriarlo un poco y darle sabor. Los demás lo observaron expectantes y decidieron probar los suyos al ver que no se quemaba. A lo largo de los años habían aprendido que no había que tomarse el primer caballito si no querías quemarte la lengua y que los demás se rieran de ti.

El pulpo llegó acompañado de otra ronda de cervezas. Estaba tan tierno que se deshacía en la boca. Un poco pasado de pimienta quizá pero delicioso. A uno casi se le saltan las lágrimas al probarlo.

—¿Queréis unas *cocletas* caseras? —preguntó el camarero.

—Venga. Y otra ronda —coreó el cada vez más animado grupo.

Lo de quedar para tomarse el aperitivo se había convertido en un acontecimiento cada vez más esporádico. Se habían ido casando y teniendo hijos y cada vez resultaba más difícil hacer cuadrar las agendas así que saboreaban cualquier cita como si fuera la última. El problema era que a mediodía a nadie le gustaba que lo vieran cargado y que ahora un par de cervezas o tres tenían un efecto mucho más devastador que cuando eran jóvenes. La lengua se les trababa y cada vez se reían más por cualquier tontería. El camarero les ofreció un ron Matusalén que no supieron rechazar y que acabó de destrozarles el estómago.

Se despidieron entre abrazos y besos y cada uno tomó el camino de su casa confiando en que el paseo le ayudase a bajar la concentración de alcohol en sangre pero el calor de aquel mes de mayo y el sol no hicieron sino empeorar la situación.

Después de una media hora andando llegó por fin a casa con el estómago revuelto y sudando. Le costó meter la llave por la cerradura. Últimamente no veía bien de cerca y tenía que quitarse las gafas. Lo que a él le parecía un milagro no era sino otro signo de decrepitud.

—Los años pasan y nos hacemos viejos —había dicho uno apurando la penúltima caña.

—Cada año más gordos y con menos pelo, cabrones —remató otro con el chupito de orujo que alguien se empeñó en pedir.

Su hija terminó por abrirle la puerta después de un rato forcejeando con la llave equivocada.

—¿Cuántas cervezas te has tomado, papá?— preguntó con curiosidad.

—Dos o tres, no lo sé —mintió para encubrirse.

—¿Litros? —oyó a lo lejos la voz irónica de su mujer.

Definitivamente había llegado el momento de colgar las botas en el tema aperitivos. No es lo mismo llegar borracho a las cuatro de la mañana que está todo el mundo durmiendo y nadie te ve que a las cuatro de la tarde a plena luz del día.

—¿Estás borracho papá? —le preguntó su hijo

pequeño.

—No, que va. Con un par de cervezas no se emborracha nadie. ¿Tú crees que voy borracho? —dijo sosteniéndole la mirada.

No obtuvo respuesta. Sus hijos lo veían raro y su mujer no parecía contenta de verle así. Lo del aperitivo no había sido una buena idea pero la cosa se lió y una cerveza llevó a la otra... Lo que pasa siempre.

Subió la escalera con dificultad para echarse un rato sobre la cama. Se tumbó boca arriba y colocó las manos cruzadas sobre el pecho como un cadáver. El estómago le ardía y la cama se movía como si fuera un barco. Cerró los ojos y sintió que la habitación daba vueltas a su alrededor. Las *cocletas* caseras y el rebozado de los caballitos estaban librando una batalla tremenda con sus jugos gástricos empapados en cerveza, Matusalén y orujo. Una mezcla explosiva para un cuerpo poco desentranado como el suyo. Desde luego, ya no era el de antes.

Reprimió un eructo y el aceite de la fritanga le subió por la garganta quemándosela. Se prometió no volver a pisar el Kentucky si salía vivo de aquella. En realidad el bar ni siquiera se llamaba así. Tenía el nombre de otro lugar de Estados Unidos pero qué más daba. Ese les gustaba más.

—¿El papá está malo? —escuchó decir por la planta baja.

—No. Le habrá sentado mal la comida —le defendió su mujer a regañadientes.

Eso era. La comida estaba en mal estado. Los frutos secos que les pusieron al principio y las frituras. Sobre todo las frituras. A partir de ahora sólo tomaría cosas a la plancha y pulpo. Lo demás era una bomba para su estómago. Menuda vergüenza estaba pasando por culpa de las *cocletas* caseras de la cocinera. La madre que las parió.

Debió quedarse dormido. Cuando abrió los ojos la casa estaba en silencio. ¿Cuánto tiempo habría pasado? Todavía entraba la luz del sol en la habitación, así que no sería muy tarde. Intentó girar la cabeza para mirar el despertador de la mesilla pero comprobó aterrorizado que no podía moverla. Ni la cabeza, ni los brazos, ni las piernas... Estaba paralizado. Trató de gritar pero no consiguió emitir ningún sonido. Tampoco podía escuchar nada. Forcejeó en vano luchando por mover los brazos pero parecía estar maniatado. Le parecía que sus extremidades eran de corcho y las notaba dormidas.

Empezó a asustarse de verdad. Nunca le había pasado nada semejante. ¿Estaría muerto? Sólo podía mover los ojos para mirar a su alrededor pero aún estaba dentro de su cuerpo. Nada de verse desde fuera ni ninguna luz blanca al final de ningún túnel. El cerebro trabajaba a toda prisa y los pensamientos se atropellaban en su mente. Maldito ron.

Confió en que todo se pasaría. Puso atención pero no pudo escuchar el latido de su corazón, algo que casi nadie puede hacer si no se toma el pulso o coloca la mano en el pecho y él no podía mover las manos. ¿Estaría soñando? Intentó relajarse y respirar despacio. Eso es, estaba respirando luego estaba vivo. Pienso luego existo que diría Descartes. Intentó sonreír pero ni siquiera pudo esbozar una mueca. Qué más daba. Estaba vivo. Todo tenía remedio menos la muerte. Ahora sólo tenía que esperar hasta recuperarse.

¿Y si no se recuperaba? No parecía haber nadie en casa. Seguramente su mujer se habría marchado enfadada con sus hijos y lo había dejado solo durmiendo la mona. Menudo desastre. Ahora no podía llamar a nadie ni pedir auxilio. Intentó sin éxito mover el brazo de nuevo. ¿Y si se quedaba paralítico? ¿Habría sufrido un ictus? Se estaba volviendo un hipocondríaco. A saber qué le pasaba. Notó como una lágrima le resbalaba por la mejilla. Por lo menos estaba vivo.

Pasado un tiempo un hormigueo comenzó a

recorrerle los brazos. Los oídos se le abrieron y pudo escuchar el ruido de la plaza. Notó como la sangre fluía a través de sus extremidades hasta llegar a la punta de los dedos y consiguió mover la mano con mucho esfuerzo. Primero una y luego la otra. ¡Podía moverse! Poco a poco el resto del cuerpo fue recobrando vida y se incorporó apoyándose en el cabezal de la cama. Miró el reloj de la mesilla. Apenas habían pasado diez minutos desde que se echó en la cama. Contuvo una arcada como pudo y se levantó corriendo hacia el cuarto de baño justo a tiempo de vomitar en el váter.

—¡El papá ha *gomitao!* —escuchó decir a su hijo antes de tirar de la cadena.

7 VEGANO

Finalmente lo invitaron a la boda. Una boda alternativa en la playa, muy hippie, con el concejal de festejos oficiando la ceremonia en la arena y los invitados descalzos vestidos de blanco y bailando al final la coreografía de un musical. Nada de aquello iba con él pero respetaba los gustos de su amigo. Al fin y al cabo, el que se casaba no era él. Allá cada uno.

Después de las fotos y las felicitaciones se fueron a un restaurante que había en las afueras especializado en comida vegana. La novia de Alberto era una talibán de la alimentación sana y había arrastrado a su amigo. Si quería casarse tenía que pasar por el aro y Alberto pasó. Contigo pan y cebolla.

El aperitivo empezó mal. Probó algo llamado vichissoise que le revolvió el estómago antes de tomar un chupito de gazpacho de tomate cherry y cereza que no mejoró la sensación de angustia. Vio un plato de croquetas que creyó su salvación y que resultaron ser de boniato. No tuvo mucha más suerte con una rebanada de pan de semillas con paté de aceituna y algo que parecía una gamba hecha de verduras le supo rarísimo. La cosa pintaba mal. Siguiendo los consejos de su hermano, apenas había comido para aprovechar la cena y ahora se veía pasando más hambre que el perro de un ciego.

Buscó su lugar en la mesa catorce. No conocía a nadie. Hacía años que vivía fuera y había perdido los contactos. Desde que se echó novia, Alberto también se había separado de casi todos sus amigos y había reducido sus amistades al círculo de Estrella. Cuando leyó el menú se le cayó el alma a los pies: ensalada de naranja y remolacha, sopa de tomate picante, pakoras de verduras, seitán con crema de verduras y albóndigas de lentejas. Un auténtico despropósito para su paladar omnívoro.

Iluso, se atrevió a llamar al camarero para preguntarle si podía hacerle unas chuletillas a la plancha o un solomillo al punto en lugar de las pakoras, que no sabía lo que eran, y del no se qué de pistachos. Había visto a muchos vegetarianos pedir verduras a la plancha y ensalada en celebraciones sin ningún problema, y a celíacos pedir menús especiales pero no hubo manera.

—Es imposible caballero. En este restaurante no matamos animales —respondió el maitre escandalizado.

Notó como una pareja de su mesa lo miraba con una mezcla de asombro y desprecio y pinchó un trozo de lechuga morada y un poco de tomate resignado a pasar hambre durante la velada.

La conversación le aburría y el estómago le rugía. Sorprendió a la invitada que tenía a su derecha mirándolo con curiosidad y le devolvió una sonrisa de compromiso.

—A ti tampoco te va este rollo, ¿verdad? —le dijo en voz baja.

—No —rió— pero no queda más remedio.

—Donde estén unas buenas gambas rojas y un entrecot que se quiten todas estas mariconadas.

Le sorprendió el tono de su compañera de mesa y empezó a caerle mejor a cada momento.

—Me llamo Jorge.

—Pilar. Encantada —respondió dándole dos besos y envolviéndole con su perfume.

Era una chica morena, con el pelo corto, más o menos de su edad que también había acudido sola. De repente la noche tomaba otro cariz. La comida seguía siendo mala, pero la compañía se había vuelto agradable.

—¿Has visto al hermano del novio? —le cuchicheó al oído.

—No sé quién es…

—Aquel chico moreno que no para de entrar y salir…

Reparó entonces en un invitado que cruzaba el salón a toda prisa para salir a la calle.

—Tú también te has dado cuenta, ¿no?

—Tendrá problemas de vejiga o ganas de fumar. Estará nervioso con la boda… Yo que sé…

—No te enteras. Yo creo que sale a meterse algo.

—¿Es drogadicto?

Los ojos abiertos de Pilar le hicieron bajar la voz antes de terminar la frase. La verdad es que el muchacho no tenía pinta de drogata, pero vestidos de blanco todos los gatos son pardos. Otro invitado se levantó y salió detrás del hermano del novio. A los cinco minutos regresaron juntos riéndose. Le recordó a la escena de "El nombre de la rosa" en la que Guillermo de Baskerville descubre dónde está el baño por la cara de alivio de un monje.

Otro invitado se levantó de una mesa y salió fuera seguido por otros dos. La sala era un trasiego de gente entrando y saliendo en dirección al aparcamiento. Demasiado movimiento para no resultar sospechoso. Unos se levantaban y salían y otros regresaban. En casi todas las mesas faltaba alguien. Los que volvían cuchicheaban algo con otro invitado que, al poco, se levantaba también en dirección a la puerta.

—Vamos a seguirlo —dijo Pilar levantándose.

Jorge fue detrás dejando la servilleta sobre la mesa. Por fin podría estirar las piernas y alejarse un poco de aquel rollito vegano. Esquivó a un camarero que llevaba una bandeja de sorbetes de aguacate y salió en dirección a la puerta detrás de Pilar, quien a su vez seguía al cuñado de la novia vegana que se había levantado de nuevo. Contempló con agrado la espalda desnuda de su acompañante y se decidió a seguirla hasta el fin del mundo si hacía falta.

Sintió la brisa del mar al llegar al aparcamiento mal iluminado. El cuñado iba haciendo eses en dirección a un coche aparcado en una esquina. Lo siguieron con la mirada y vieron cómo se paraba a hablar con el conductor. Había una o dos personas más alrededor del maletero abierto y otras dos o tres dentro. A esa distancia no podían ver mucho, así que cruzaron la explanada como si buscasen su coche, que no estaba demasiado lejos del vehículo sospechoso. Desde allí escuchaban las risas y las voces de una animada conversación. La música sonaba fuerte. La fiesta parecía estar fuera.

Uno de los del coche se despidió y salió en

dirección al restaurante. Al cruzarse con ellos saludó a Pilar:

—Pilar, cuánto tiempo —dijo dándole dos besos a la chica e ignorando por completo a Jorge—. Pasad a tomaros algo. Tenemos un jamón en el maletero y hemos encargado unas pizzas.

Pilar le cogió de la mano y se fueron a probar el jamón. Definitivamente la noche prometía.

8 PEREGRINO

Me dolía todo el cuerpo. Lo de volver a hacer el Camino de Santiago después de veinte años no había sido una buena idea. El tiempo no pasa gratis y uno ya no es el mismo. De León a Santiago hay unos trescientos kilómetros. Ocho días caminando a buen ritmo si todo sale bien, pero aquel año no salió bien. Una ampolla tuvo la culpa. Apareció en la subida al alto do Poio, la antesala de O Cebreiro a las puertas de Galicia. Un auténtico muro que pagué caro. Aunque el problema venía de antes.

Como había ido solo y no conocía a nadie me enganché a un neozelandés que también iba por libre. Me contó que había jugado con los All Blacks, la selección de rugby de su país, y la verdad es que el tipo imponía. Jonah era enorme. Un armario empotrado que no hablaba una palabra de español y que me empleó como intérprete. El tipo tenía un problema con la comida. Era celíaco y no se aclaraba a la hora de pedir pero conmigo se iba defendiendo. Venía desde Roncesvalles y empezamos a caminar juntos en Ponferrada.

—Estoy superbién, tío. Yo creo que me he curado y ya puedo comer de todo —comentaba entusiasmado.

—¿Qué dices? Eso es imposible —respondí yo riéndome.

—Nada, nada. Esta noche te invito a cenar y nos damos un homenaje.

—No te confíes, no vaya a ser que te pongas malo antes de llegar.

Jonah era un hombre de palabra muy testarudo y aquella noche me invitó a cenar en el bar de Villafranca del Bierzo. Fritura de pescado, pulpo y un enorme bocadillo de jamón. Se le saltaban las lágrimas con la fritura y el bocadillo. No recuerdo cuánta cerveza bebimos pero regresamos abrazados al albergue.

Al día siguiente. Jonah se levantó con el cuerpo lleno de puntos rojos con una inflamación de caballo. Descubrió con horror que seguía siendo celíaco.

—No te preocupes. Que me quiten lo *bailao* —decía con un gracioso acento inglés.

El caso es que como se veía mal, se le ocurrió unir dos etapas en una para ganar un día y llegar antes a casa. Como iba solo y lo vi enfermo no tuve más remedio que acompañarle y nos hicimos una maratón de más de cuarenta kilómetros al día siguiente. Ahí apareció la ampolla.

Jonah estaba mejor con lo que había comprado en la farmacia pero yo cojeaba cada vez más. Para evitar el dolor empecé a pisar mal y me apareció una tendinitis en la pierna derecha que no se curaría antes de llegar a Santiago.

—Ha sido culpa mía. Perdona —se excusaba de veras el Allblack.

—Ya soy mayorcito para tomar mis decisiones. Estas cosas pasan. No le des más vueltas.

El caso es que seguimos juntos y el día que ganamos con el maratón lo perdimos por culpa de mi cojera. Por la noche me acostaba pensando en recuperar pero la pierna me dolía mucho y no podía descansar. Cuando empezaba a caminar al amanecer lloraba de dolor y de impotencia. Tenía que llegar como fuera.

Arrastrando la pierna y con la ayuda de Jonah, los calmantes y los antiinflamatorios llegamos sanos y salvos a Santiago. Un tipo de Valencia me encontró sentado en un pilar de la catedral y se acercó a saludarme emocionado. Me había visto caminar y se alegraba sinceramente de verme allí.

—¡Qué bien te veo! —me dijo.—Pensé que no

llegabas.

Después de un rato hablando nos despedimos y me levanté cojeando como el jorobado del Jovencito Frankestein. Yo también pensé que no llegaba.

El caso es que Jonah se sentía en deuda conmigo y me regaló un billete de avión hasta Alicante para compensarme de los daños causados. No hubo forma de negarse.

—Lo aceptas y punto. Ya está pagado y no lo puedo devolver, así que cógelo.

Nos despedimos en el aeropuerto de Santiago. Él hacia Auckland via Madrid y yo hacia Alicante con escala en Bilbao.

Como volar me daba miedo y la pierna me dolía me animé a pedir un gin tonic para combatir mis fobias y mis lesiones. Al segundo estaba mucho mejor y con el tercero el comandante anunció que nos disponíamos a aterrizar. Lo apuré de un trago y me abroché el cinturón con la ayuda de la azafata que me retiró la copa.

El avión llegó a Sondika con retraso y el vuelo hacia Alicante salía en apenas media hora. La azafata nos apremió a que abandonásemos el avión porque ellos también tenían que volar en breve. Bajé como pude la escalera entre gente hablando en vasco y arrastré mi tendinitis y mi borrachera con dificultad por la pista del aeropuerto hasta la terminal diseñada por Calatrava. Tenía que darme prisa para encontrar la puerta siete y tomar el vuelo hacia Alicante.

El de Bilbao no era un aeropuerto muy grande y la mochila estaba facturada pero con mi cojera las distancias se me hacían larguísimas. Tardaría una eternidad en llegar. Por los altavoces avisaron a los pasajeros de mi vuelo:

—Señores pasajeros del vuelo 4300 con destino a Alicante embarquen por la puerta siete.

Miré mi reloj. Todavía quedaban quince minutos pero ni rastro de la puerta siete. Todos los carteles estaban en euskera, inglés y castellano pero no era capaz de encontrar el camino. Tuve la sensación de caminar en círculos y pasar varias veces por el mismo cartel amarillo de suelo mojado. Parecía que estaba atrapado en aquella terminal.

—Último aviso para los señores pasajeros del vuelo 4300 con destino a Alicante. Embarquen por la puerta siete.

Diez minutos para el despegue y no encontraba la puerta de embarque. Demasiado bebido para preguntar daba vueltas sin rumbo cojeando por Sondika.

—Último aviso para don Jacobo López. Embarque

por la puerta siete —tronó el altavoz de nuevo.

—¡Estoy cojo, joder! ¡Ya voy!

A lo lejos vi por fin la puerta siete justo al lado del lugar por el que había accedido al aeropuerto. Me lo había recorrido entero para llegar al mismo sitio. Empecé a olerme lo peor. Cuando llegué al mostrador vi la cara familiar de la misma azafata que me había echado del vuelo en el que llegué de Santiago. Cambió la mueca de impaciencia por una sonrisa profesional y me tomó el billete con amabilidad.

—Bienvenido de nuevo a bordo, señor López — no sé por qué pero tuve la sensación de que se reía de mí.

Una ovación del pasaje me recibió cuando llegué por fin al mismo asiento que había ocupado en el trayecto desde Santiago.

—¿Le sirvo lo de siempre señor López? — preguntó la azafata con un guiño y un gin tonic en su mano una vez hubimos despegado.

9 VIENTO

La grada lateral arde. El sol pega sin piedad en aquella parte del estadio desde hace horas. En pleno mes de junio a las siete de la tarde el plástico recalentado de los asientos amenaza con cocinar a los valientes que lo ocupan. Durante toda la temporada aquella grada ha estado cerrada al público precisamente por el calor y porque había sitio de sobra en un campo casi siempre vacío construido para un equipo de Primera que ahora pagaba sus pecados en Segunda B. Sin embargo, hoy está lleno. Por tercer año consecutivo el Real Murcia lucha por subir a Segunda y nadie quiere perdérselo. Los amigos llaman a los socios pidiendo entradas para el partido. Tres temporadas en el pozo por culpa de un descenso administrativo que expulsó al centenario club del fútbol profesional al infierno deportivo no han conseguido apagar la llama del murcianismo latente transmitido de padres a hijos desde hace tanto tiempo.

El recibimiento al equipo dos horas antes del partido pone los pelos de punta. Las bengalas rojas arden y la temperatura sube por encima de los cuarenta grados. Los murcianos no temen al infierno. Están acostumbrados al calor.

Más de veinte mil fieles han acudido al templo esperando un milagro. La derrota por dos a uno en el partido de ida obliga a ganar aunque sea por uno a cero. Si lo piensas, un gol no es mucho: un accidente, un acierto, un cúmulo de circunstancias, un poco de fortuna, un rebote... El gol puede llegar de muchas maneras y todas valen lo mismo. "Falta un gol y lo marcas tú", repite desde hace una semana la publicidad institucional. En realidad, un gol es un mundo. La distancia sideral que separa el éxito del fracaso, el triunfo de la derrota, la fama del anonimato.

Hace muchísimo calor en la lateral. La sombra se desplaza con lentitud y todavía está lejos. Cuesta respirar. Hay mucha tensión y muchos nervios dentro y fuera del césped. Demasiada presión, quizá, para un equipo y una afición consciente de que se juega mucho más que la posibilidad de seguir soñando con el ascenso en este envite. La amenaza de la desaparición acecha desde hace años y cualquier temporada puede ser la última. Paradójicamente, el club es tan pobre que ningún acreedor se atreve a pedir su liquidación porque no tendría con qué cobrar. Podría decirse que sigue vivo gracias a su delicada salud en un inexplicable desequilibrio que impide que la parca corte el hilo.

En la grada lateral se suda de calor y de sufrimiento. Las camisetas granas de los aficionados contribuyen a aumentar la sensación térmica y el estadio es un auténtico infierno con llamas rojas que laten desacompasadamente. La taquicardia y la crisis respiratoria son más que una remota posibilidad. Hace más calor que aquella maldita tarde cuando ardió la grada en Riazor y empezó el calvario grana. El Murcia perdió el ascenso en aquella encerrona y el Depor se convirtió en Súper. El fuego no se ha apagado desde entonces.

En la Nueva Condomina, igual que en la de toda la vida, el fútbol se sufre y la gente tiene experiencia de sobra. El mejor equipo de Segunda hace mucho que padece en una categoría que no le corresponde. Veinte mil almas creen que un gol puede cambiarlo todo y revivir a este anciano moribundo pero los minutos pasan y las pipas se amontonan en el cemento caliente sin nada que celebrar. La sal y el sol hinchan los labios y secan las gargantas. Hace rato que se acabó el agua y la sed aprieta. Pronto empezarán los espejismos y los primeros desvanecimientos.

El partido llega al tramo final y el marcador no se mueve. El balón se pasea por el área visitante sin que nadie acierte a despejarlo hasta que el nueve local lo toca y lo manda incomprensiblemente fuera con toda la portería para él. Sin tiempo a ver la repetición, otra jugada embarullada dentro del área acaba con el balón despejado a córner por la mano del portero visitante convertido en el héroe de la tarde. En los estertores del partido un balonazo lejano y desesperado supera por fin al guardameta rival pero se estrella en el travesaño ante la decepción de la tribu grana llevándose sus últimas esperanzas y un buen puñado de años de vida. En Murcia se entra al fútbol como un niño y se sale como un viejo.

El árbitro pita el final y marca el camino de los vestuarios. El sufrimiento se ha terminado al fin. Nadie se mueve de su asiento. Incrédula al principio y emocionada después, la multitud rompe a gritar en pie con orgullo el nombre de su equipo con un nudo en la garganta. Hay quien llora conmovido y quien no puede hacerlo porque no le queda líquido en el cuerpo. Entonces la sombra se proyecta por fin sobre la calcinada grada lateral y un ligero viento recorre el estadio. Hoy no acaba nada. Hoy empieza todo.

10 LA PUERTA

Era una urbanización tranquila en la playa. Una hilera de dúplex marrones con un pequeño porche rodeaba la piscina comunitaria en la que hablaban los viejos y jugaban los niños. La casa de la playa era el punto de reunión familiar. La excusa para juntarse en verano a celebrar el cumpleaños del abuelo y comerse un caldero.

Al llegar, la pequeña puerta roja de hierro que daba acceso al porche estaba abierta. Siempre había estado así, rota, sin nadie que la arreglara. Era una ventaja cuando era joven y salía por la noche pero ahora que sus padres vivían solos y había niños pequeños lo veía un peligro.

—Papá. ¿Cuándo piensas arreglar la puerta?

—Tu madre lleva años diciéndomelo, pero no tengo ganas de meterme con albañiles para dos meses que venimos al año.

—No me hace caso —se encogió de hombros su madre— ya sabes cómo es tu padre.

—Si quieres puedo llamar a un tipo que arregla cosas por mi barrio. Es un fenómeno: fontanero, electricista, albañil, persianero... A mí me ha arreglado ya un montón de cosas y se lo he recomendado a mucha gente. Además no es caro. Todo en negro y de confianza.

—Pero si no hace falta. Además, no lo vas a hacer venir a la playa para una tontería —se opuso su padre—.

—Considéralo un regalo de cumpleaños. Yo lo llamo y te lo mando. Si no puede arreglarlo no te va a cobrar nada.

—No discutáis más, que se enfría el arroz —se oyó desde la cocina.

Así quedó la cosa. Cuando llegó a la ciudad buscó en la agenda del teléfono el número de Pepe. Aparecía como persianero aunque en realidad hacía de todo. Era un crack.

—¿Pepe?

—Sí, ¿quién es?

—Soy tu vecino de enfrente. Has venido a arreglarme cosas varias veces. La última una cisterna que perdía agua. ¿Sabes quién soy?

—El vecino de enfrente, ¿dices?

—Sí, soy Alejo.

—¿Alejo? Ahora mismo no caigo...

—El rizos —le fastidiaba tener que llegar a aquello pero no tuvo más remedio que decírselo.

—¡Ahhh! Dime, dime. ¿Qué te pasa?

Después de habérselo recomendado a medio barrio y haber acudido a su casa un puñado de veces todavía no se sabía su nombre. Sólo le faltaba meterlo en la nómina pero no había forma de que se lo aprendiera. Un conocido al que se lo recomendó en una ocasión le dijo que era el vecino que tenía el pelo rizado y el dijo: El rizos. Y desde entonces se quedó con ese nombre. Pepe también trabajaba para El largo, El bigotes, El pequeñín y El lunares entre otros.

Le contó lo de la reja de la casa de la playa y le dio el teléfono de su padre para que se pusieran de acuerdo. Pepe se ofreció a ir el miércoles ya que tenía que hacer un trabajo por la zona. Así no le cobraría nada por el desplazamiento. El tipo era rápido.

—Me acerco y le echo un vistazo a ver qué se puede hacer.

Siempre el mismo *modus operandi*. Una visita para inspeccionar el terreno, una salida al coche a por las herramientas y a la ferretería a por las piezas y vuelta al tajo para rematar la faena. Unos diez euros la hora libres de impuestos para la saca más los materiales. A algunos no les hacía gracia que se fuera a mitad de trabajo porque el tiempo lo cobraba completo pero aún así era más barato que los demás.

Cuando volvió a ver a sus padres a la playa la reja estaba arreglada así que tuvo que buscar el telefonillo para llamar. Ni se acordaba que tuvieran uno. Su padre bajó los escalones para abrirle:

—¿Has visto que está arreglada la puerta?

—Claro. Ahora sólo entrará quien tú quieras. ¿Se puede?

—Pasa, pasa. Pepe es un tipo eficiente. Llegó aquí el miércoles un par de horas después de la que había dicho.con sus pantalones cortos, sus botas de trabajo y su camiseta azul de aires acondicionados. Después de disculparse diciendo que se le había complicado un calentador le echó un vistazo a la reja y le pregunté si tenía arreglo.

—Todo tiene arreglo en esta vida. Está un poco separada de la pared por los años y la humedad pero esto se soluciona fácil. Tengo que ir al coche a por las herramientas y vengo enseguida —dijo—.

—Tu madre lo vio meterse en el bar de enfrente a tomarse una cerveza y salir luego en dirección a su Seat Córdoba a por las herramientas. Entonces vino con un carrito con una caja atada con unas gomas elásticas y un enorme martillo en la mano. La puerta estaba abierta pero llamó al timbre para que supiéramos que había llegado. Le pregunté si necesitaba algo.

—No. Creo que con esto será suficiente —respondió acariciando el enorme marro que le acompañaba—. Apártate no vaya a lastimarte. Esto va a hacer ruido.

—Me hice un paso atrás. Lo levantó por encima de la cintura y golpeó con fuerza el marco de la puerta con el martillo paralelo al suelo como si estuviese talando un árbol con un hacha. Recorrió con sus golpes todo el canto de la puerta que estaba pegado a la pared. No veas cómo retumbaba el hierro. La cotilla de enfrente se asomó por el visillo de su salón. Es la única casa de la urbanización que tiene cortinas para poder espiar al vecindario. La perra de atrás empezó a ladrar como una loca... ¡Menudo jaleo a la hora de la siesta!

—Bueno, vamos a probar si le ha hecho efecto la medicina —dijo Pepe sacándose el sudor que le resbalaba por su brillante calvorota.

—Movió la puerta con la mano y encajó chirriando a la perfección.

—Arreglado —concluyó triunfal—. ¿Tienes un poco de aceite?

—La mamá le trajo la botella de aceite de oliva virgen extra que usamos para las ensaladas y le echó unas gotas a las bisagras. Me pidió también papel del váter y lo usó para secar el aceite sobrante. La puerta funcionaba a la perfección.

—Bueno, esto ya está.

—Se hizo un incómodo silencio así que le pregunté cuánto le debía.

—Dame veinte euros.

—Le alargué un billete, le di las gracias y se marchó en dirección al coche arrastrando su carrito de herramientas con la maza al hombro. Tu madre lo vio meterse al bar a tomarse otra cerveza. Hacía mucho calor aquella tarde.

—Bueno, toma los veinte euros. Te dije que yo pagaba la reparación —dijo su hijo sacando la cartera.

—No puedo aceptarlos hijo. ¿Sabes que el vecino también tenía rota su puerta? Me pidió el teléfono de Pepe para que le arreglara la suya pero en vez de eso bajé al garaje a por el martillo más grande que tenía y recuperé el dinero que le pagué al crack. Mañana voy a arreglársela a la vieja del visillo.

11 LA FERIA

Domingo de julio por la noche. La feria está abarrotada de veraneantes que gastan sus euros alegremente en las atracciones. Los niños ríen emocionados y los padres se rascan el bolsillo resignados. Vacaciones.

En un rincón, junto a la tómbola de la pesca de patos está el Superpenalti. Un muñeco de tamaño casi natural de Iker Casillas se mueve como un molino para detener los lanzamientos de los incautos que pican el anzuelo. Parece fácil pero no lo es. Hacerle dos goles al Santo no está al alcance de cualquiera. De vez en cuando el sonido característico del gol en Carrusel suena en la explanada y el orgullo se refleja en el rostro del afortunado lanzador y en el de sus padres que lo graban con el móvil. Siempre toca premio. Si marca dos penaltis, un balón de reglamento y si no hay doblete, el lanzador puede marcharse a casa con unas pegatinas del Madrid o del Barca. Como si no hubiera más equipos en el mundo…

Un niño de tres años se acerca al feriante con una moneda en la mano. Camina muy serio con el brazo extendido y se la da al árbitro con solemnidad. El colegiado coloca un balón negro y pesado en el punto fatídico y da un paso atrás haciendo sitio al lanzador.

El crío está concentrado como si de aquel lanzamiento dependiera el resultado del Mundial. Coloca los brazos en jarras, se perfila para su pierna izquierda y golpea el balón con fuerza al sonar el silbato.

—El Santo! El Santo! —repiten los altavoces de la tómbola cuando el balón choca contra el tablón que cubre la parte inferior de la portería.

Tampoco habrá premio esta vez. Más tranquilos todos, lanzador y colegiado repiten el ritual para el segundo lanzamiento sin nada en juego.

El chaval toma impulso, golpea con la uña por debajo del balón y lo levanta por encima del tablero para colocarlo con precisión junto al palo lejos del alcance de Iker.

—Gooooooooool!

Imposible describir la mirada que se cruza el chiquillo con los ojos empañados del padre.

—Muy bien, chaval. Madrid o Barça? —pregunta amable el feriante.

—Real Murcia —contesta el crío muy serio con los brazos cruzados sobre el pecho.

—No tengo nada del Murcia, campeón.

—Pues entonces no quiero nada.

Ante la incredulidad de todos, el niño se da la vuelta y se pierde paseo abajo de la mano de su padre, que, en vano, lucha por contener las lágrimas.

Detrás de ellos, un balón rojo y blanco se ha escapado de la red y sigue al crío como un perrillo fiel que encuentra por fin a su amo.

12 LA BALA

—¿Quieres ver cómo sacamos una bala?

Serían las cinco y pico de la mañana y hacía frío. El doctor Augusto me zarandeó con más fuerza de la necesaria para despertarme. Estaba de buen humor. Por fin algo de acción después de tantas horas. Con los ojos aún pegados por la duermevela me incorporé y lo seguí por el pasillo que conducía al quirófano. Nunca había sacado una bala así que la cosa prometía.

—Este tipo dice que estaba dejando los regalos debajo del árbol cuando los críos que estaban emboscados detrás del sofá y en el cuarto de baño saltaron sobre él y le dispararon con pistolas de balines hasta que un tiro acabó en su hombro. No hay orificio de salida así que tendremos que sacarla. Por suerte no ha tocado el hueso y el alcohol que lleva encima le sirve de analgésico —explicó en tono profesional.

Tendido en la camilla, un hombre de pelo canoso y barba escuchaba aparentemente más avergonzado que dolorido. El desgraciado todavía llevaba el disfraz de Papá Noel puesto.

Le pusimos anestesia local y comenzamos a cortar tejidos y a levantar capas buscando la bala perdida. Estaba bastante profunda y escondida junto al húmero pero al fin dimos con ella. Augusto la cogió con habilidad con las pinzas y la soltó sobre una riñonera haciendo un ruido metálico que no despertó al paciente vencido por el cansancio.

—Ya puedes coserle —dijo quitándose los guantes—. Y quédate la bala de recuerdo si quieres. Voy a tomarme un café.

Terminé de suturar al Papá Noel y me dirigí también a la cafetería. Estaba sentado en una mesa con un cortado entre las manos pensando en lo gracioso de la situación cuando dos policías nacionales aparecieron por la puerta de la cantina y pronunciaron mi nombre en voz alta. Un escalofrío recorrió mi cuerpo al tiempo que mi corazón se aceleraba.

—Creo que tiene usted algo que nos pertenece —dijo uno de ellos alargando la mano.

—Yo... No sabía...—balbuceé excusándome sin mucho éxito al tiempo que sacaba del bolsillo de mi bata el frasquito donde había guardado el balín de la operación.

—Muchas gracias —dijo el otro recogiéndolo con una mirada de reproche.

A lo lejos, pude ver cómo Augusto se contenía como podía las carcajadas viendo el éxito de la novatada que acababa de gastarme aunque la risa le duró poco. Los policías se fueron a por él y comenzaron a interrogarle. Al parecer el Papá Noel se había esfumado. Nadie lo había visto salir ni las cámaras de seguridad pudieron registrar sus movimientos.

Unos días después, los servicios de limpieza que preparaban el helipuerto para la llegada de los Reyes Magos encontraron unos excrementos que resultaron ser de reno en la azotea.

13 LA TUTORÍA

Aquella mañana me tocaba visitar empresas. Mis alumnos llevaban unas semanas de prácticas y había que hacerles un seguimiento, de manera que me senté al volante y empecé la ruta de camino al instituto. En aquella época del curso me sentía como un repartidor, con mi radio puesta dejando y recogiendo papeles en las empresas. Después de parar en un polígono industrial para recoger una documentación pendiente de firmar me dirigí a Plásticos Thader.

Plásticos era una gran empresa que se dedicaba a hacer envases para las grandes superficies que había crecido mucho en los últimos años. Aparqué fuera en la puerta de una nave industrial cerrada durante años. Aún así me fijé que no hubiera ningún vado. Si la Consejería no me pagaba los kilómetros ni la gasolina mucho menos iba a pagarme las multas. Apagué la radio y bajé del coche. Noté el calor de mayo al pasar del aire acondicionado del coche al aire del desierto del exterior. Caminé unos metros y una amable recepcionista me recibió:

—Buenos días. Soy el tutor de Martina. Vengo a hablar con Miguel Sánchez sobre las prácticas.

—Acompáñeme y lo aviso —dijo guiándome hasta una habitación de paneles de pladur y madera con grandes ventanales que limpiaban por fuera un par de hombres. —Enseguida le atienden.

Me dejó solo contemplando el mobiliario. Lo malo de las empresas grandes es lo que tardan en atenderte los tutores. Al poco regresó la recepcionista.

—Tardará cinco minutos. ¿Desea un café con leche o un té mientras espera?

—No, no, muchas gracias. Estoy bien.

La recepcionista desapareció taconeando por el pasillo después de descorrer un poco las cortinas. El sol entraba con fuerza a través de los cristales recién limpios de la fachada. A lo lejos se oía una conversación. Como no tenía nada mejor que hacer me concentré en escuchar lo que decían a ver si pillaba algo.

Decían no se qué de un coche aparcado sin el freno de mano. Supuse que estorbaba para la entrada de algún camión. Y pensé en lo mal que aparca la gente que deja el coche de cualquier manera. Menos mal que yo había aparcado fuera y el mío no estorbaba.

—Voy a ver la matrícula y que lo anuncien por megafonía —escuché que decía una voz.

—Un día —dijo otra voz—estaba cortándome el pelo y un coche aparcado en doble fila se empotró contra el escaparate de la peluquería. El conductor bajó para sacar dinero del cajero y el coche se fue solo cuesta abajo. Atravesó un cruce y milagrosamente no chocó con nadie hasta llegar al cristal. MI peluquera salió gritando a la calle con un ataque de nervios. Estuvimos riéndonos durante meses.

—Menudo inútil. Hay que ser torpe para aparcar sin freno cuesta abajo.

El tutor seguía sin bajar pero no me importaba demasiado ya que la conversación estaba interesante. Ahora uno empezó a contar otra historia de aparcamientos.

—Solía aparcar mi Ibiza en pleno centro del barrio de la Fama para ir a la universidad. En aquella época La Fama era el barrio más peligroso de la ciudad y en la calle Santa Rita solía haber un furgón de policía. Un aparcamiento céntrico y vigilado ya que nadie roba en la puerta de su casa. Todo iba bien hasta que un día al salir de clase mi coche no estaba donde recordaba haberlo aparcado. Juraría que lo había dejado allí pero el coche no aparecía por ninguna parte. Empezaba a preocuparme de veras porque pasaban los minutos y no lo encontraba hasta que lguien me llamó a gritos por detrás:

—¿Tú eres el del Ibiza? —dijo un fulano con una pinta horrible.

—Sí... ¿Sabes dónde está? —pregunté temiéndome lo peor.

—Madre mía. Ha habido un incendio y los bomberos no podían pasar a apagar el fuego.

—¿Pero qué han hecho con el coche? —le interrumpí.

—¿El coche? El coche lo hemos tenido que mover entre mis primos y yo. Lo hemos cogido a pulso y lo hemos cambiado de sitio. Ahí lo tienes.

Me imaginé el coche como un paso de Semana Santa a hombros de aquellos delincuentes. Menos mal que no llevaba ni radio. Poco más y me lo desguazan.

Pasó un buen rato hasta que bajó a recibirme el tutor de Martina. Me explicó que todo iba bien. Que no había ningún problema y que era una chica muy trabajadora y formal. Nos dimos la mano y salí a la calle a continuar con mi ruta. Cuando miré a la derecha a donde estaba aparcado mi coche lo vi demasiado cerca de la carretera. No recordaba haberlo aparcado tan mal. Era un estacionamiento en batería con una ligera pendiente junto a una farola pero ahora la parte trasera sobresalía un poco y casi ocupaba la calzada.

Cuando me acerqué más vi con sorpresa que alguien había puesto un taco de madera en la rueda trasera para que no se fuera para atrás e invadiera la calzada. La otra rueda tenía un calzo similar. Empecé a sudar nervioso. Con el pie quité el calzo de la rueda derecha y el coche emitió un crujido. Cuando retiré el otro empezó a deslizarse cuesta abajo. Lo paré con las manos como pude y, cuando conseguí frenarlo, lo empujé cuesta arriba hasta dejarlo junto a la acera en la posición donde lo había aparcado en un principio. Como no había nadie cerca tenía que apañármelas solo. Abrí la puerta con el mando a distancia, me acerqué al intermitente izquierdo y salí corriendo hacia la puerta del conductor mientras el coche bajaba en dirección contraria por la cuesta.

Un tráiler se acercaba a gran velocidad por la carretera. Me subí en marcha, agarré el volante, me senté como pude y pisé con fuerza el pedal tirando del freno de mano hacia arriba. Podía haberlo hecho antes, pero con los nervios no caí. El camión pasó casi rozando la parte trasera de mi coche haciendo sonar el claxon.

—¡Gilipollaaaaas! —gritó el conductor sacando su dedo corazón por la ventanilla.

14 ALFREDO

—Un paquete para usted.

El chico de la agencia de transportes ya lo conocía. Era el único que estaba por las mañanas en casa y le había dejado entregas para los vecinos en más de una ocasión. En realidad Alfredo estaba siempre en casa. Desde que cayó en aquella silla de ruedas solo salía a los médicos y lo compraba todo por Internet. Comida, ropa, libros... Tenía todo lo que necesitaba y no molestaba a ninguno de sus ocupados hijos ni a sus nueras. El mundo al alcance de un clic.

—Muchas gracias. Que tengas un buen día.

El paquete era más voluminoso que pesado y lo dejó en el suelo junto a la ventana. Ya lo abriría cuando llegara el momento. Todavía tenía que encargar la comida y leer un rato. Hoy le apetecía comida china. Rollito, pan chino, ensalada y arroz tres delicias. De algo había que morirse.

En realidad no estaba tan mal. El médico le dijo que tenía suerte de seguir vivo después de aquel accidente, pero a veces dudaba de la fortuna que suponía tener que moverse en silla de ruedas el resto de su vida. Tenía pocas diversiones a su alcance y pocas ganas de divertirse pero es lo que le había tocado y había que conformarse.

Era invierno. Las tardes eran cortas y los niños aparecían pronto por la plaza para jugar al balón. No eran muchos ya que la mayoría estaban apuntados a actividades extraescolares y tenían poco tiempo libre pero era rara la tarde que no se organizaba un partidillo callejero.

Los vecinos estaban hartos del ruido de los balonazos en la pared del edificio y colocaron carteles en la fachada prohibiendo jugar al fútbol. Alfredo siempre había dudado de la legalidad de aquella prohibición y de cómo hacerla efectiva. Hubiera sido más partidario de pedir por favor que respetaran el descanso de los vecinos o que no golpearan la fachada con el balón, pero prohibir el fútbol... Eso le parecía demasiado. Él también había sido un niño con dos piernas y estaba deseando salir del colegio a las cinco para jugar una pachanga en La Losada, la explanada junto al parque en la que se medían a Quinto B cada tarde con desigual fortuna. También él había jugado al frontón contra la pared y había estado de portero protegiendo una persiana metálica del edificio de su abuela que retumbaba a cada gol. Estaba seguro de que muchos vecinos también lo habían hecho pero lo habían olvidado al convertirse en adultos. Prohibir el fútbol le parecía un disparate. Encima de que los críos pasaban poco tiempo en la calle los adultos quitándoles alicientes.

Se enteró que el fútbol también estaba prohibido en el colegio del barrio cuando pasó camino del centro de salud junto a la valla y vio que habían desaparecido las porterías. Demasiadas peleas y balonazos. Mejor que jueguen a la rayuela y al pilla pilla. El fútbol es un juego machista y peligroso que debe estar fuera de este centro educativo, bla, bla, bla, bla, bla bla. El que quiera hacer deporte que se apunte a yoga. Las porterías son un peligro y los fines de semana el colegio se llena de jóvenes haciendo deporte que estropean las instalaciones. Los argumentos eran muchos y variados pero a él le parecían ridículos.

El caso es que un día se rompió una portería y, en vez de arreglarla, retiraron la otra y dejaron la pista vacía. Más sitio para que corran los niños, aplaudió el AMPA bendiciendo la decisión del equipo directivo.

Alfredo había crecido en un colegio sin porterías y aquello le recordó a su infancia. Entonces jugaban al fútbol con una bolsa llena de papeles o una pelota de papel de aluminio o de tenis si había suerte. A pesar de ello, el veneno del balompié se había metido en su sangre y en la de sus amigos y jugaban sin descanso al salir de clase hasta que se ponía el sol y sus madres venían a buscarlos con el bocadillo de nocilla o tulipán.

Un balonazo en la pared lo distrajo de sus pensamientos. Ya habían llegado los dos primeros. Un chico menudo y habilidoso, un poco chupón para su gusto, y otro gordo al que siempre ponían de portero que se pasaba los partidos comiendo pipas y poniendo el suelo perdido. Empezaron a pelotear y llegó un tercero con la camiseta del Madrid. Le dolía ver camisetas del Madrid y del Barcelona en aquel campo pero eran las más numerosas. Alguna del Atleti, alguna de España en tiempo de mundiales o eurocopas, camisetas del Manchester United, del PSG, de la Juve, del Inter… pero ninguna del Murcia. ¡Una pena! Cuando era pequeño no había tantas camisetas. Su tata le regaló un uniforme de la selección por su comunión y esa era la única camiseta que había tenido en su vida. Ahora todo era distinto.

Pronto se hicieron los equipos y comenzó el partido. Era su única diversión de las tardes. La tele le aburría y el juego de los pequeños le entretenía. Las discusiones de siempre y los roles de siempre. Todo cambia pero todo seguía igual en el fútbol callejero.

Ocho contra ocho en una plaza, Dieciséis chavales corriendo detrás de una pelota como hacía cuarenta años. Sin tácticas, sin estrategias, todos arriba y todos abajo, como en los viejos tiempos cuando sólo se necesitaba un balón para ser feliz. Los años pasan, cambia la superficie, cambia el nombre del balón, pero la esencia perdura igual que los protagonistas: el chupón, el chupapostes, el malo, el porterazo, el gordito, el pequeñajo al que nunca le pasan la pelota...

Alfredo disfrutaba del partido cada tarde y se imaginaba en la cabina de prensa de un estadio retransmitiendo una final. De pequeño se acostaba escuchando a José María García y soñaba con radiar partidos cada domingo hasta que la vida lo colocó en otro sitio.

Los cambios se sucedían sin cesar. Unos salían y otros entraban:

—¿Puedo jugar? —preguntaba el recién llegado al dueño del balón.

Cada vez había más jugadores pero no importaba. Se divertían. Había churros y golazos comentados con emoción por sus protagonistas y narrados por Alfredo desde su cabina. No había altercados, ni marrullerías, ni broncas... Como siempre debió ser.

Alfredo regresaba al pasado con aquellos críos y se veía a sí mismo y a sus compañeros al salir de clase. Todos contra todos. Soñando con jugar algún día en el Real Murcia y marcar un gol en La Condomina. Ninguno cumplió su sueño.

No sabía qué le depararía la vida a los críos de la plaza. Llegar era demasiado difícil y probablemente ninguno lo consiguiera, pero lo más importante era disfrutar del viaje, del juego, de dar un buen pase, marcar un gol o hacer una parada increíble. Gozar del fútbol en estado puro y de la suerte de contar con tiempo y amigos para jugar una final cada tarde.

Cuando pasaran los años lo echarían de menos y recordarían con nostalgia el día que marcaron el gol de la victoria y fueron campeones.

Unos gritos lo sacaron bruscamente de sus pensamientos. Al poco de empezar una madre empezó a quejarse de los balonazos. La mujer se había sentado en un banco que estaba justo en el centro del campo y los zagales pasaban corriendo a su lado mientras los balones volaban sobre su cabeza como obuses. A su modo de ver, no le faltaría razón a la mujer si no fuera porque había más bancos libres en lugares menos transitados por el esférico y porque se había colocado allí a propósito para entorpecer a los jugadores.

Los muchachos se apartaron a otra zona y empezaron a jugar al frontón con la pared después de protestar sin mucho convencimiento. Sus balonazos provocaron que un vecino saliera por su balcón para increparles:

—¡Voy a llamar a la policía! ¿Es que no sabéis leer? ¡Está prohibido jugar al fútbol en la plaza!

Arrinconados, los muchachos se iban quedando sin sitio para jugar. La estrategia de acoso y derribo acordada en la última junta de la comunidad de propietarios con el único voto en contra de Alfredo empezaba a dar sus frutos.

—¡Ya está bien de balonazos! ¡Iros al polideportivo! —gritó alguien desde el tercero.

En la reunión de propietarios se dejó claro que el problema de que los críos jugaran al fútbol en la plaza era el ruido y los desperfectos que los balonazos provocaban en el edificio. Alfredo dudaba que la comunidad de vecinos tuviera competencias para prohibir el uso de un espacio público pero era una batalla perdida. Si querían poner el cartel lo pondrían. El presidente se ofreció a pagarlo de su bolsillo si hacía falta.

La discusión fue subiendo de tono en la plaza. Un vecino malhumorado saltó a la cancha para quitarle el balón a los chavales mientras un corrillo de curiosos contemplaba la escena desde la acera de enfrenten sin hacer nada. Harto de contemplar el espectáculo, Alfredo se desplazó en su silla de ruedas y recogió la caja que había dejado junto a la ventana. Sacó un cuchillo de cocina que llevaba escondido en la mochila negra que colgaba de su respaldo por si algún desgraciado no respetaba su invalidez y se le ocurría robarle lo poco de valor que llevaba encima y abrió el paquete. Entre un revoltijo de papeles apareció la solución a los problemas del barrio. Escarbó entre ellos y sacó un silencioso balón de gomaespuma con el que los chavales podrían jugar y respetar el descanso de los vecinos al mismo tiempo.

Se levantó por primera vez en años, abrió la ventana y lo lanzó a la calle desde su tercer piso. El vecino que le había quitado el balón a los chavales vio cómo caía a cámara lenta hasta estrellarse en su cabeza tirándole las gafas al suelo ante la carcajada general.

—¡Quítales este también si tienes huevos! —gritó con el puño en alto desde la ventana antes de dejarse caer en su silla con la satisfacción del deber cumplido.

15 REGRESO A CASA

Hace demasiados años que no cruza el puente para ver a su equipo. Pelo blanco repeinado hacia atrás, camisa impecable con alfiler de corbata y pantalón con la raya perfecta. Los zapatos negros y brillantes lo conducen con avidez a su destino. Después de mucho tiempo el Real Murcia vuelve a jugar en La Condomina.

Al llegar a la Plaza de Toros la romería de aficionados inunda la calle y apenas ve el asfalto que pisa. El olor a fútbol le trae recuerdos de tardes de Primera con el campo a reventar y se siente feliz de regresar a su casa aunque todo esté cambiado. El escudo ya no preside la entrada del aparcamiento y un extraño color azul se ha adueñado de todo.

Al llegar a los tornos del Fondo Norte saluda con una afectuosa palmada y un guiño cómplice al portero que colaba a su sobrino cuando era un crío.

– Pasa, Juan. Cuánto tiempo…

Se frota las manos cada vez más nervioso mientras sube los escalones que dan acceso a la grada. Un cielo azul espléndido se divisa al final del túnel y, al llegar arriba, el césped aparece por fin ante sus ojos. Aspira el inconfundible olor a hierba mojada mezclado con el humo del puro del señor Pepe con la emoción del primer día.

Todos están igual que la última vez. Don José Madrigal, el maestro, le saluda con una amable inclinación de cabeza. El Panadero de Archena pasea arriba y abajo por la Grada Baja como un animal enjaulado, Pardo Cano ocupa su lugar en el palco y Felipe Mesones se sienta una vez más en el banquillo.

Entonces llega el momento mágico. El Real Murcia salta al verde, el tiempo se detiene y el estadio vuelve a latir como un cementerio indio que recobra la vida. Juan y los demás muertos se ponen en pie y se unen a los vivos para gritar el nombre de su equipo con los ojos rojos y la garganta ardiendo. Hasta las piedras de La Condomina se estremecen al escuchar el nombre del que siempre será su equipo:

– ¡Mur-cia! ¡Mur-cia!

16 CATENACCIO

Antes de montarme en el coche programo la televisión para grabar el partido. El Real Murcia y el Elche se juegan el pase a la segunda eliminatoria de la fase de ascenso a Segunda División. Dos históricos venidos a menos que vivieron tiempos mejores en Primera y que tienen el dudoso honor de haber sufrido un descenso administrativo, dos en el caso del Murcia, récord absoluto.

No estoy de humor. Hoy toca día de playa familiar y no pongo rumbo a Elche sino a Lo Pagán. No soy uno de los cuatro mil murcianistas que seguirán a su equipo en el Martínez Valero, un desplazamiento espectacular para un partido de Segunda B. Ya pasó algo parecido en Mestalla el año pasado contra el Valencia B. Tampoco estuve allí. La afición pimentonera se levanta después de cada caída y sigue soñando con algo que parecía impensable hace unos años y ahora se antoja imposible: el regreso al fútbol profesional.

Hay poca gente en Lo Pagán. Ese mismo día el Real Madrid y el Liverpool juegan la final de la liga de campeones en Kiev. Una cita a la que tampoco acudiré. Tirado en la arena veo pasar a varios zagales con la camiseta del Madrid y a un crio pelirrojo con la camiseta de los reds que se me queda mirando curioso al ver mi camiseta grana. No sabemos que dentro de unas horas correremos el mismo destino.

Miro el reloj nervioso a medida que se acercan las cinco y media en que comienza el partido en la ciudad de las palmeras. He decidido no mirar el móvil y lo pongo en modo avión. No quiero saber nada del partido, ni comentarios de amigos ni minuto y resultado. Aislado en la arena como Robinson Crusoe inicio un cerrojo a cal y canto. Un *catenaccio* informativo que me permita ver el partido en diferido como si fuera en directo.

A las seis y media una sirena indica la apertura de la feria. Mis hijos me llevan hasta las atracciones sin que oponga demasiada resistencia y empiezan a dar saltos en las camas elásticas. Sigo sin noticias del partido. Nada. Ni un grito, ni un viejo con el transistor en la mano. Se diría que el Elche Murcia sólo me interesa a mí en aquella playa.

Empieza a refrescar y no llevamos nada de manga larga. Mi mujer sugiere que volvamos a casa antes de que se resfríen los críos. Miro el reloj. Las ocho. El partido ya ha terminado y no me he enterado del resultado. Con un poco de suerte podré empezar a verlo a las nueve casi al mismo tiempo que se juega la final de la Champions. Ya tengo claro que no veré la final de Kiev.

Mis hijas ponen música en la radio del coche a lo que no me opongo para garantizar el apagón informativo. Todos me miran extrañados pero no le dan mayor importancia. La verdad es que llevo todo el día ausente, pensando en el ascenso, en la desaparición, en pasar otro año en la indigencia de la segunda B y en que es más fácil ganar la liga de campeones que escapar de esa categoría maldita.

Cuando llegamos a casa les pongo una película en el ordenador y les preparo unos bocadillos. Mi mujer sale a pasear a las perras y me quedo sólo en el sofá. Dieciséis mil espectadores en el estadio hacen que parezca un partido de Primera. El anillo superior del fondo es grana y el resto del graderío franjiverde. Estoy de los nervios.

El Murcia sale bien y presiona arriba con ganas. Obligados a ganar tras el cero a uno de la ida, los de Salmerón empiezan mejor que hace siete días. Forniés se incorpora con peligro por la izquierda y dominan el juego. La remontada parece posible hasta que en el minuto 13 los locales aprovechan una pérdida de balón de Forniés para plantarse ante Ribas que rechaza el primer remate pero no puede atajar el segundo de Iván Sánchez. La eliminatoria se pone más cuesta arriba pero el Murcia no se rinde. Chrisantus reclama penalti en el área ilicitana y en la contra siguiente Sory Kaba hace el segundo en el 25 con un espléndido cabezazo.

Estoy hundido en el sillón. Demasiado castigo para un equipo que no está siendo inferior. A lo mejor me ciegan los colores pero el Elche ha aprovechado sus dos únicas oportunidades para sentenciar la eliminatoria. En la calle no se escucha nada. El Madrid y el Liverpool deben haber llegado al descanso sin goles. Me levanto a hacerme un bocadillo y el árbitro pita penalti a favor del Murcia. De pie en el salón veo cómo Elady toma carrera en perpendicular al balón para lanzar. Va muy derecho al cuero y engaña a José Juan para acortar distancias. Un estallido en la calle celebra al mismo tiempo el gol de Benzema aprovechando la pifia de Karius. Ironías de la vida. Mi partido en diferido y el partido en directo han sincronizado sus goles.

El Murcia llega vivo al descanso. Todavía necesita dos goles pero confío en la remontada. Paso el descanso con el mando a distancia y empiezo a ver nervioso la segunda parte. A los once minutos Molo atropella a un delantero franjiverde y comete un clarísimo penalti. En la calle se escucha un griterío y sale gente del bar de enfrente gritando gol. Bale ha hecho el dos a uno casi al mismo tiempo que Manuel Sánchez sentencia la eliminatoria.

Sigo viendo el partido con la mirada perdida paladeando el amargo sabor de la derrota hasta que Chrisantus en una jugada individual por la banda izquierda hace el 3 a 2 que será definitivo. Lo único que ha hecho el delantero en todo el partido. Insuficiente para ganar. En la calle se escuchan más gritos. Karius se ha tragado el tercero y el Madrid vuelve a ser campeón de Europa.

Los dos partidos finalizan casi a la vez. Dos equipos separados por una distancia abismal. De presupuesto, de jugadores, de historia, de seguidores... El éxito y el fracaso. La suerte y la desgracia. La victoria eterna y la derrota continua. La vida en noventa minutos.

Estoy triste. No entiendo cómo puede haber murcianos tocando el claxon y tirando cohetes camino de la Redonda. Una traca suena en La Arboleja y mis perras empiezan a ladrar enfadadas. Por una vez las entiendo. En la cama sueño con el ascenso. A la mañana siguiente sale de nuevo el sol. La vida sigue

SOBRE
EL AUTOR

Juan José Pérez Pérez, Murcia, 1972.
Licenciado en ciencias económicas y empresariales y en periodismo por la Universidad de Murcia.
Autor de "Serias dificultades" y "Segundo recreo".
Éste es su tercer libro de relatos.